JN057093

エヴリンの幻影

河村　義人

エヴリンの幻影

目次

目次

I　一筆書き作家論

I

一筆書き作家論

夏目漱石（なつめそうせき）

というタイトルをつけたものの、私はここでいわゆる「漱石論」をやらかすつもりは毛頭ない。何となれば、その種の本は世のなかに掃いて捨てるほどあるからだ。屋上に屋を架す愚行は、できるだけ避けたい。

では、ここに何を書くかといえば、それはハッキリしている。漱石文学が私に喚起する瑣末（さまつ）な事柄――これである。漱石文学の本質でもなければ、漱石の人となりでもない。まあ、どうでもいいような与太話（よたばなし）の類（たぐい）ということだ。

中学生の頃から、明治、大正、昭和と「日本文学史」の本をなぞるように小説、詩、短歌、俳句を読んできた。そうすると不思議なもので、ふと自分が年齢不詳の日本人のように思われる瞬間がある。つまり、昭和生まれの自分が、明治、大正、昭和の日本をずっと生きてきたような錯覚におちいるのだ。

この理由は明白だ。小説には往々にして時代時代の風俗習慣やその当時の人びとの考え方が描かれているものだが、そういったものに長年親しんできたからである。

長じて大学で中国文学を学び、教室では唐詩や論語や孟子を中国語で読んだりした。そのようにして日本古来の漢籍の「素読」とは異なるかたちで漢詩文に親しんだ結果、その素養はまあ幕末の若者くらいになったかな、と思わぬでもない。となると、自分はもう江戸時代から日本に生きているようなことになってしまい、ますます年齢不詳の化け物じみてくるのである。

さらに、大人になってから、海音寺潮五郎、司馬遼太郎、古川薫、その他諸々といった歴史小説に親しんだことも、昔の日本をリアルに知る手立てとなった。歴史小説を読むのは昔の人（江戸時代や明治・大正時代の人びと）が講談を聞くようなものだろう。たとえば、現在所有している司馬の文庫本などは、八十冊以上と一人の作家の文庫本としては最も多い。

まとめると、私の場合、幕末、明治、大正、昭和といった時代に奇妙な懐かしさを覚えるのは、どうやらそんな読書体験や学習体験に原因がありそうだ。

さて、閑話休題、漱石の話である。

漱石は小説家であり英文学者でもあったが、漢詩作りの名手だったと言われる。その晩年、長編小説『明暗』を書いていた頃は、午前中は小説を書き、午後は漢詩を作っていたそうだ。漢詩には「平仄」という中国語の発音を知らない日本人には難しいルールがある。しかも「平仄」には「二四不同」「二六対」「下三連」といったパズルのようなややこしいルールが含まれる。にもかかわらず、漱石は形式面・内容面ともに中国人顔負けの漢詩が作れたというから、吃驚仰天である。著名な中国文学者の吉川幸次郎先生のお墨付きがあるくらいだから（『漱石詩註』）、それはまず間違いなかろう。

何がうらやましいかって、漱石の漢詩文の素養と表現力ほどうらやましいものはない。漱石の英文学の教養や小説家としての仕事は大してうらやましくもないが、漢詩文の実力にだけはどうしても羨望の念を抱いてしまう。

誰が命名したのかは知らないが、漱石・鷗外の文学は日本文学史上「余裕派」ないし「高踏派」と呼ばれる。私は「余裕派」という言葉を愛好する者だ。明治から大正にかけては、島崎藤村や田山花袋に代表される「自然主義」文学が一世を風靡した時代だった。そういったトレンドのなかにあって、漱石や鷗外は、和漢洋の豊かな学識とヨーロッパ（漱石はイギリス、鷗外はドイツ）への留学体験を武器に、どの文学流派にも属さない、超然たる独自の文学を築きあげていく。余裕綽々、もしくは悠悠自適といった態度で。彼らが「余裕派」と呼ばれる所以である。

もっとも、初期の鷗外にはロマン主義の傾向が顕著で、後期の漱石はシリアスな長編小説にいそしむあまり、持ち前の「余裕」を失ったかに見えるので、彼らとて徹頭徹尾「余裕派」であったわけではない。けれども、彼らが最後まで文学流派として徒党を組まず（換言すれば、孤塁を守りつづけ）、各々の文学に超然たる趣きがあったのは、動かしがたい事実である。したがって、彼らはやはり「余裕派」「高踏派」と呼ばれるにふさわしい作家なのである。日本では、彼らほど「文豪」という名称がピタリと当てはまる作家はいない。

「余裕派」、とりわけ漱石文学において、特に私が珍重するのは、その卓抜なユーモアのセンスである。英語でいえば、sence of humor。なるほど漱石が学んだイギリスはユーモアの本家本元ともいうべきお国柄だが、イギリス文学を学んだがゆえに漱石がユーモアを解するようになったわけではない。名作『坊っちゃん』の歯切れのいい畳みかけるような文体には、落語の影響がある、とよくいわれるように、漱石のユーモアのセンスは、幼少の砌に芽生え、多年にわたって磨かれたものだろう。しかし、文章表現におけるユーモアというのは、会話表現よりももっと技巧的なものだ。お笑いのセンスがあるからといって、自然にユーモラスな文章が書けるわけではない。したがって、漱石はきわめて意識的に「ユーモア」という要素を自らの作品に取り込んだ作家である、といえる。

漱石文学における落語の影響の例を、名作『坊っちゃん』のなかから一つだけ挙げておこう。英語教師「うらなり君」の送別会の際の「坊っちゃん」と「山嵐」の会話部分だ。

「美しい顔をして人を陥れる様なハイカラ野郎は延岡に居らないから……と君は云ったろう」

「うん」

「ハイカラ野郎丈では不足だよ」

「ぢや何と云ふんだ」

「ハイカラ野郎の、ペテン師の、イカサマ師の、猫被りの、香具師の、モヽンガーの、岡っ引の、わんわん鳴けば犬も同然な奴とでも云ふがいゝ」

「おれには、さう舌は廻らない。君は能辯だ。第一單語を大變澤山知つてる。それで演舌が出來ないのは不思議だ」

「なにこれは喧嘩のときに使はうと思つて、用心の爲に取つて置く言葉さ。演舌がとなつちや、かうは出ない」
「さうかな、然しぺらぺら出るぜ。もう一遍やつて見給へ」
「何遍でもやるさいゝか。――ハイカラ野郎のペテン師の、イカサマ師の…」

主人公の数学教師「坊つちゃん」がここで「山嵐」に聞かせてみせる胸のすくような「悪態」のパレードはまさに絶品であり、名人の落語を聞くようだ。（落語「寿限無」にも似ている。）詩人の川崎洋の本に『かがやく日本語の悪態』（新潮文庫、二〇〇三年）という本があり、右の一節はその本のなかでも取りあげられている。

さて、ご存知の方も多いと思うが、漱石というペンネームは「漱石枕流」という故事成語に由来する。ある人が「枕石漱流」（「石に枕し、流れに漱ぐ」）と言おうとして、間違えて「漱石枕流」（「石に漱ぎ、流れに枕す」）と言ってしまった。石でうがいをし、川の流れを枕にする、などありえない話なので、それを聞いた誰かが「それ、逆だよ」と指摘したところ、ある人は自分の非を認めず、あくまでも「漱石枕流」が正しいと言い張った。そこから「負け惜しみが強いこと」や「ひどく無理なこじつけ」を「漱石沈流」というようになった。

そんな「漱石」をペンネームにした夏目金之助（漱石の本名）は、自らの頑固で負けず嫌いの性格を自覚し、なおかつそれを面白がっていたのだろう。「偏屈者、頑固者でござい」と。でなければ、自分の性格のマイナス面を表わすような言葉を自らのペンネームにはしなかったはずだ。その意味でも、漱石はやはり「余裕派」だったのである。

あまたある漱石関係の本のなかで、出色のものを一点挙げるとすれば、半藤一利の『漱石先生ぞな、もし』（文春文庫）シリーズということになるだろう。すなわち、『漱石先生ぞな、もし』、『続・漱石先生ぞな、もし』『漱石先生、お久しぶりです』の三冊である。著者の半藤にとって、漱石は親戚に当たる。半藤の義父（岳父）は小説家の松岡譲という漱石の弟子である。その松岡の妻が漱石の長女・筆子であり、半藤はその松岡夫妻の娘・末利子と結婚したので、半藤にとって漱石は義祖父という関係になるのだ。

加えて、お互いに東京生まれの「江戸っ子」であり、ともに東大文学部出身といった共通点もあって、半藤の漱石への入れ込みようは半端ではない。

『漱石先生ぞな、もし』シリーズは漱石の著作を渉猟しエピソードの数々を発掘した「歴史探偵」の調査レポートだが、ユーモラスな語り口が絶品である。その文章は『吾輩は猫である』のそれに一脈通じている。漱石文学そのものが知りたければ漱石全集を読むにかぎるが、漠然と漱石のことを知りたいと思っている読者にはこれらのエッセイ集がおすすめだ。きっとすばらしい水先案内人となってくれるに違いない。

芥川龍之介

芥川龍之介は、私の文学的出発点に位置する作家である。

芥川を読んだのは中二の頃で、当時は角川文庫がほぼ全集に近い形で彼の作品を収録していた。(今なら、さしずめちくま文庫の芥川龍之介全集あたりがそれに相当するだろう。)私の場合、それらを全巻通読したのが文学修行のはじまりだった。

芥川の作家論や作品論は漱石論同様やはり掃いて捨てるほどあり、作品について論じると陳腐になるので、ここではあまり知られていないその風貌、話術、読書法について紹介してみたい。

小島政二郎の『眼中の人』(岩波文庫、一九九五年)はこの人物の「風貌と話術」を非常に生きいきと伝えている。漱石の兄弟弟子に当たる内田百閒なども睡眠薬中毒に罹り心身ともに疲労困憊した晩年の芥川の様子を描写していたが(『私の「漱石」と「龍之介」』)、小島が描く芥川は才気煥発な新進作家としての芥川で、とても魅力的だ。

芥川との初対面の印象を小島は次のように記している。

　広い平庭を見卸す十二畳の二階の書斎に、芥川は、二尺の紫檀の机を前にして坐っていた。小さな長火鉢には、鉄瓶が白い湯気を静かに立てていた。壁の中へ作り附けの本箱の中は勿論、棚の上、机のまわり、壁際の畳の上、到る処に外国の本が、豊かな感じで散乱していた。フランシス・グリヤーソン風に髪の毛を乱した芥川の、額の広い秀麗な顔が、青い空気の中に白く浮き出していた。なんともいえない澄んだ目をしていた。鋭くって瑞々しくって叡智に濡れていた。女のように長い睫毛が、秀麗な容貌に一抹の陰影を添えていた。

「こりゃタダモノではない」

初対面の挨拶をしながら、私は打たれた感じがした。こんな素晴らしい顔をした人間にこれまで私は逢ったことがなかった。

話題は豊富だし、座談はうまいし、私はつい誘いこまれて、初対面の窮屈さなんかすぐ忘れて、腰を落ち着けて話し込んでしまった。それには、言葉の端々に、東京の下町ッ子らしい共通の匂を嗅いだ心安さも大分与かって力があった。

その間にも、後から後から来客があって、忽ち書斎が一杯になってしまった。主人は、誰に向っても万遍なく話題を持っていた。時には、機智を交えて議論を上下した。聞いていて、私は主人の博識に舌を巻いた。理論の透徹した鋭さに耳を洗われるような思いをした。（一二、一三頁）

溌溂たる芸術家の姿が鮮やかに描写されている。フランシス・グリヤーソンがどんな人だか知らないが、芥川がなかなかの才人かつ洒落者であったことはわかる。

小島は、この描写の後でアーサー・シモンズによって書かれたフランスの詩人マラルメの書斎とそこに出入りする客人たちの様子を六ページにわたって翻訳し（原文は、おそらくフランス語）、マラルメとその取り巻きの様子が芥川とその取り巻きの様子と相似していた、と指摘している。
その芥川の読書について、小島は次のように書いている。

……芥川の読書の範囲、趣味の限界は、実に広汎にわたっていた。ドイツ語、フランス語が口を突いて出た。西洋の絵画、彫刻、音楽、哲学、歴史、支那画、日本画、陶器、織物……文学だけだって、今近代の話をしていたかと思うと、古典の話になったりした。アメリカ文学の現代作家をさえ彼は読み漁っていた。

「僕、社会主義の理論の大体だけをちょいと覗きたいんだが、君、小泉信三さんに十冊ばかり素人にも分る本の名を書いてもらって来てくれないか」

私はいつぞやそういって頼まれたことがあった。

読書力ののろい、理解力の狭い私には、十分の一も後に附いて行けなかった。しまいには、ただ息を呑んで目を見張っているより外なかった。それでも、どの位私は耳学問したか分らなかった。芥川は、知ることの興味ばかりではなしに、知ってそれを味うことが面白くってたまらないらしかった。喉を鳴らしている音が私に聞こえるような気がした。

「僕は、僕の名刺に、文学上のあらゆるイズムを肩書に書きたいと思うね」

という意味は、あらゆる傾向の小説を書いてみたいという意味であろう。私は、その飽くなき知識欲と、猛烈な野心の前に圧倒された。（一九頁）

小島ならずとも、たじたじとさせられる旺盛な読書欲、好奇心の発露。このような才人を世間では一般に「天才」と言うのだろう。

芥川は驚異的な速読家でもあり、その読書法はかなり風変わりだった。芥川家の主治医だった下島勲（しもじまいさお）によれば、芥川は下島に「僕は邦文の書物や雑誌なら、三四人と話をしながら読めるんですよ。しかし、誤解されたり、失敬な奴だなんて云われるのがいやだから、知らない人の前などでは決してそんなことはしませんけれど――」と話したらしい。（小島政二郎『芥川龍之介』講談社文芸文庫、二〇〇八年）下島は「その後書斎で、時折親しい誰彼と話しながら、新刊物や雑誌などをオモチャのように膝の上でいじくり廻しながら」読んでいる芥川の姿を見かけたというから、その話は事実だろう。

どのくらいの速さでよめるのかと下島が芥川にたずねたところ、「普通の英文書なら、一日千二三百ページは楽だ」と言っていた由。さらに下島の証言によれば、「彼の英書を読み耽る時の特徴は、本を少し斜めの位置に曲げると云うこと」で、「正面からでは、感じが強過ぎる」といっていたらしいが、これなどは妙にリアルな芥川の工夫・感想である。

芥川にとって二歳年下の小島は弟子というよりは弟分のような存在だったようだが、時折芥川は茶目っ気たっぷりに面白い読書競争をけしかけたらしい。

私も、バルザックを出来るだけ読もうと思い立った。

「そりゃ是非読みたまえ」

「どの版がいいでしょう?」

「エヴェリーマンのが一番いいッてプレフェヤーがいっていた。確か十三冊あったと思うが――。それだけ読めば、まあバルザックの目ぼしい作品に全部目を通したといっていいだろうな」

プレフェヤーといえば、私も三田で三年間教えを受けた懐かしい先生だった。

「バルザックは僕ももう一度読み直してもいいな。ねえ小島君、君が半分――七冊目を読み終わって、八冊目の第一頁を読み出したら、僕にちょいと声を掛けてくれないか」

「どうして?」

「いや、そうしたら、僕も第一冊から君と競争で読み始めるから――」

「ヘエー」

「君が十三冊目を読み終わる日に、僕も十三冊目を読み終わって見せる。いや、もしかすると、僕の方が一日位早いかも知れない」

芥川は、笑顔で言葉の風当たりを柔(やわら)げながらこんなことをいった。私も苦笑して見せた。

いかにもその位――いや、もっと二人の読書力に相違のあることは私自身よく知っていた。が、一寸の虫にも五分の魂はあった。私は七冊目もなしに、黙って十三冊読んでしまった。が、十三冊目を読み終わったとたんに、私は、芥川の好意にハッと目が醒めた。ああ、そうか。芥川は僕と競争してバルザックなんか読み直す気なんか始めからなかったんだ。ただああいわなかったら、僕が途中で――そうだ、芥川は、私に拍車を掛けてくれたのだ。（『眼中の人』二〇、二一頁）

この話には、芥川の教育的配慮、というオチがちゃんとついている。小島は「慶応義塾の文科で学んだことよりももっといろんな知識や、鑑賞の態度や、文学の本質についてなど――少くとも、文学の微妙な神髄を、ここの書斎で学んだ」と述懐しているが、芥川の書斎「餓鬼窟」での座談というのは、ちょうど漱石山房がそうだったように、当時の日本では超一流の芸術サロンであり、稀有な「文学伝習所」でもあったのだろう。

小島は本書のなかで、最も意気盛んだった頃の、眉目秀麗な芥川の「人となり」を活写している。芥川は神経質なとげとげしい人物どころか、細やかな気配りができ人情味のあるユーモアにも富んだ好人物だったのである。『眼中の人』は、芥川龍之介という人間の生の姿を今日に伝える貴重な一冊といえよう。

梶井基次郎（かじいもとじろう）

鬱蒼たる森。濃厚な森の香（か）。――私が伊豆の湯ヶ島（ゆがしま）温泉を初めて訪れたときの第一印象である。広葉樹の深い森が発する馥郁（ふくいく）たる森の香（かお）り。深い森は、同時にまた漆黒（しっこく）の闇をも生み出すものであり、そのことは夜になってわかった。

湯ヶ島温泉に行ったのは、そこが梶井基次郎ゆかりの地だったからである。その晩泊った宿の近くに梶井の文学碑はあった。その丸っこい石碑には梶井が生前川端康成に宛てて書いた手紙の一節が刻まれていた。それは次のような文章だった。

　山の便りお知らせいたします　櫻（さくら）は八重がまだ咲き残つてゐます　つつじが火がついたやうに咲いて來ました　石楠花（しゃくなげ）は湯元館の玄関のところにあるのが一昨日一輪、今日は浄蓮（じょうれん）の瀧（たき）の方で満開の一株を見ましたがたいていはまだ蕾（つぼみ）の紅もさしてゐないくらいです（略）げんげん畑は掘りかへされて苗代田（なわしろだ）になりました　もう燕（つばめ）が來てその上を飛んでゐます

湯ヶ島の風物詩をつづったその湯ヶ島だよりを読んでいると、梶井が「手紙を書く名手」と呼ばれる理由がわかる気がする。梶井の文章には隙（すき）がなく、よく練り込まれており、あたかも詩

のようだ。

「梶井基次郎の主題は闇と光である。」こう書いたのは小説家の福永武彦だが、この指摘は正鵠を得ている。梶井文学のテーマは、まさに「闇と光」なのである。そして闇と光のどちらに力点が置かれているかというと、それは明らかに「闇」の方だ。

「金亀子擲つ闇の深さかな」という高浜虚子の句があるが、梶井の「闇」はこの句の「闇」のように豊饒である。目には見えないが、たくさんの生き物の気配がある。動植物など無数の生き物たちが息を潜めている濃密な深い闇。色で言えば、すべての絵の具を溶かし込んだような黒だ。そのような漆黒の「闇」が、「湯ヶ島もの」と呼ばれる作品群の背後にはある。「闇の絵巻」などに描かれた「闇」は、人を恐怖や不安に陥れる闇ではなく、どちらかというと深い安堵感を誘う闇ともいえるだろう。

しかし、別の見方をする人もいる。以前、地元の読書会で梶井のいわゆる「湯ヶ島もの」を取り上げた際のことだ。ある主婦が「闇は『死』のメタファではないか。肺結核の梶井は絶えず死に対する恐怖感にさらされていた。だから、「死」を闇という形で表現したのではなかろうか」という趣旨の発言をした。私自身は必ずしもそう思わないが、この指摘にはいささかたじろいだ。意表をつく鋭い意見だったからである。

さて、梶井の短篇は、どれもこれも短いものばかりだ。「蒼穹」「筧の話」などは掌編小説であり、「闇の絵巻」や「冬の蝿」などは短篇小説である。梶井は一般的には「小説家」と見なされているが、その本質は「詩人」であろう。ゆえに、「蒼穹」「筧の話」「桜の樹の下には」「器楽的幻覚」といったごく短い作品は、コント（掌編小説）というよりやや長い散文詩のように思われるのである。

梶井の短篇「闇の絵巻」の見どころや短篇「交尾（その二）」に描かれた可憐で美しいカジカガエルの姿については、拙著『親なら読ませたい名作たち　子どもたちへのブンガク案内』（飯塚書店、二〇〇五年）に書いたので、興味のある読者はぜひそちらをご覧いただきたい。ここでは四百字詰原稿用紙にして三枚程度の彼の掌編「筧の話」に注目し、もう少し別の角度から梶井文学の魅力をさぐってみよう。

吊橋を渡つたところから徑は杉林のなかへ入つてゆく。杉の梢が日を遮り、この徑にはいつも冷たい濕つぽさがあつた。ゴチック建築のなかを辿つてゆくときのやうな、犇々と迫つて來る靜寂と孤獨とが感じられた。私の眼はひとりでに下へ落ちた。徑の傍らには種々の實生や蘚苔、羊齒の類がはえてゐた。この徑ではさう云つた矮小な自然がなんとなく親しく――彼等が陰濕な會話をはじめるお伽噺のなかでのやうに、眺められた。（中略）ここへは、しかし、日が全く射して來ないのではなかつた。梢の隙間を洩れて來る日光が、徑のそこここや杉の幹へ、蠟燭で照らしたやうな弱い日なたを作つてゐた。歩いてゆく私の頭の影や肩先の影がそんななかへ現はれては消えた。なかには「まさかこれまでが」と思ふほどの淡いのが草の葉などに染まつてゐた。試しに杖をあげて見るとささくれまでがはつきりと寫つた。

ここには木下闇の魅力が余すところなく語られている。
まず、舞台は昼なお暗い杉林のなかである。そのなかを一人静かに歩くとき、おそらくその人は神韻縹渺とした厳かな雰囲気を味わうことになるだろう。梶井の「ゴチック建築のなかを辿つてゆくときのやうな、犇々と迫つて來る靜寂と孤獨が感じられた」という一文は、その神聖な気配をよく表している。そう言えば、整然とした杉木立は、大聖堂のなかの太い柱を彷彿とさせないだろうか。

次に、下闇の立役者は梶井が言うところの「種々の實生や蘚苔、羊齒」といった「矮小な自然」である。松尾芭蕉に「山路來て何やらゆかしすみれ草」という有名な句があるが、梶井の文章においても小さな植物への親近感は顕著である。「この徑ではさう云つた矮小な自然がなんとなく親しく——彼等が陰濕な會話をはじめるお伽噺のなかでのやうに、眺められた」という一節を見れば、それは明らかだろう。小さな自然の会話に耳を澄ましている梶井は、無意識のうちにかれらの密やかな会話に加わっているかのようだ。このような「自然との対話」が深まっていけば、最後には「自然との交歓」という喜ばしい事態が待ち受けているように思われる。梶井の場合だと、「交尾」におけるカジカガエルの合唱に没入する瞬間が、それである。

その「矮小な自然」を演出するのは、淡い木洩れ陽だ。その描写がまた心憎い。「梢の隙間を洩れて來る日光が、徑のそこここや杉の幹へ、蠟燭で照らしたやうな弱い日なたを作つてゐた。

歩いてゆく私の頭の影や肩先の影がそんななかへ現はれては消えた」木洩れ陽というのは、弱々しく不安定なるがゆえに魅惑的なものだが、ここには印象派の絵にありそうな昼間の木洩れ陽の美しさが描かれている。

余談ながら、「木洩れ陽」というのは私の大好きな言葉で、字面がまたいい。「木漏れ日」でも「木洩れ日」でもダメで、やはり「木洩れ陽」なのである。小説家の吉行淳之介にとって「カラダ」という漢字はあくまでも「軀」であって、「体」でも「身体」でも「躰」でもなかった。(「體」が却下されたのは、たぶんホネホネしすぎたからだろう。)それと同じ類の偏愛である。

ところで、右の作中の時間帯が、たとえば昼間ではなく早朝なり夕方だとどうなっただろうか。ぽつんぽつんと赤光に染まった草の葉とか土くれ。すぐにそんな場面が思い浮かぶ。そしてもし赤光に染まっているのが無数のゼンマイだとしたら――「ぜんまいのの字ばかりの寂光土」(川端茅舎)といった崇高な気配が漂う光景が現出するに違いない。そんな描写は梶井の小説のなかには見当たらないが、杉林のなかを日常的に散歩した梶井も、ときおりそのような光景を目にしたに違いない。それを書かなかったのはなぜだろう。茅舎の右の句があるせいだろうか。

それはそうと、生前の梶井の姿を最もよく伝えているのは、おそらく伊藤整の長編小説『若い詩人の肖像』(新潮文庫、一九五九年)であろう。伊藤は梶井の第一印象を次のように描写している。

梶井はその真黒い顔をほころばし、白い歯を見せて笑い、ほとんど曇りの見えない快活さで話をした。（略）自分自身を整理し切っており、文学という魔術にもたれかかっていない大人、という感じがした。それが私を、おや、この男は違う、と思わせた。その落ちついた明かるさには、他人の考えを受け容れ、他人を頼らせるような余裕が感じられた。（三五五頁）

梶井の描写はなおも続き引用しだすとキリがないが、最後にもう一ヶ所、詩人・梶井基次郎の「総括」とも読める部分を引いておこう。

梶井は、それまでに同人雑誌『青空』に書いた自分の何篇かの作品については、強い自信を持っていて、それが現在の文壇の水準を抜くものがあると信じていた。また彼は、自分の生命があまり長くないことをも予感していた。彼の人柄の明るさは、その二つの認識の上に築かれていた。（略）

私の得た印象では、梶井基次郎は、生きる自分の一日一日を最上の状態で過ごし、かつ自分の残すものは、作品も手紙も十分に気をつけ、他人に与える印象もまた明るさや労りや真心に満ちたものにしようという覚悟をして、その時間の総てを充実したものにしたいと心を決めている人間のようであった。（三六〇、三六一頁）

中島敦（なかじまあつし）

かつてのヨーロッパの知識人たちにとってラテン語で書かれた古典がそうだったように、昔の日本の知識人にとって漢詩文は教養の源であり、かつ共有の知的財産だった。一例を挙げれば、幕末、長州藩士である高杉晋作（たかすぎしんさく）が異国の都市・上海でシナ人たちと意思疎通ができたのもその漢詩文の知識のおかげであった。彼は即興の漢文で当時のシナ人たちと筆談をしたのである。日本の知識人に漢詩文の素養があったと言えるのは、おそらく明治時代までだろう。近代化（＝欧米化）の影響で、漢詩文の素読などという日本の古き良き伝統は今やすっかり廃（すた）れてしまった。中島敦の「山月記」などを読むと、私などは日本人の失われた「伝統」に対するノスタルジー（郷愁）を覚える。

しかし、そんな「伝統」とはほとんど無縁の現代日本の若者などが「山月記」を読む場合、その「漢文調」の文章は、かえって斬新（ざんしん）なものに見えるかも知れない。スマホの活字を見慣れた彼らにとってそのような文章との出会いは、一種の「未知との遭遇」だからだ。

隴西（ろうせい）の李徴（りちょう）は博學才穎（さいえい）、天宝（てんぽう）の末年、若くして名を虎榜（こぼう）に連ね、ついで江南尉（こうなんい）に補せられたが、性、狷介（けんかい）、自ら恃（たの）むところ頗（すこぶ）る厚く、賤吏（せんり）に甘んずるを潔（いさぎよ）しとしなかった。いくばくもなく官を退いた後は、故山、虢略に帰臥し、人と交わりを絶って、ひたすら詩作に耽った。下吏となつて長く膝を俗悪な大官の前に屈するよりは、詩家としての名を死後百年に遺そうとしたのである。

有名な「山月記」の冒頭だ。中島敦は、いわゆる「私小説」の作家ではなく、古代ペルシャ、中国古典、南方の島々の風俗といった様々な引き出しを持った小説家だったが、その作品のなかで最も印象的なのは、やはりこのような「漢文調」の文章だろう。難読漢字が多く、漢文独得の言いまわしも多いため、これを初めて読む若い読者はきっと驚くに違いない。しかし、読み返す度に、その文体の歯切れの良さ、簡にして要を得た文章の格調の高さに少しずつ魅了されていくのではあるまいか。

もっとも、エッセイストの群ようこは、『中島敦全集2』(ちくま文庫)の解説(「中島敦がこわい」)のなかで先の「山月記」の冒頭の一文を引用した後で、

という文章をみ、頭がくらくらしてきた。とにかく難読漢字は出てくるし、本文には漢詩まで登場しているので、ぱらぱらとページをめくっただけで、
「これは私の手にはおえない」
とそれっきりにした覚えがある。

授業で「山月記」は習ったけれども、私は聞き流しているだけだった。虎が出てきて最後に月にむかってほえるという部分だけを覚えていた。とにかく格調が高いという印象しかなかった。たとえていうと、目の前に荘厳(そうごん)な、虎の絵が描かれた金屏風(きんびょうぶ)がどーんと広げられた感じ。何の知識もない私に、

「この屏風の感想を述べよ」

といわれているような気分だった。とにかく、ただ、

「おーっ」

と圧倒されたとしかいいようがなかったのである。

と正直に告白している。おそらくこれは「山月記」を教科書で読んだ若者の大半の声を代弁しているのだろう。まあ、それはそれで構わない。感受性の鋭い青春期に、全く馴染みのない異質なもの、それもきわめて硬質なものと出会った、という体験が重要なのである。

「山月記」は、トラのような心を持ったヒトが、その心のままトラの形となってしまう変身譚(たん)と読めば足りる。変身譚と言えば、ある青年が巨大な毒虫へと変身するカフカの「変身」やガーネットの「キツネになった婦人」が有名だが、そんな小説を読んでいない読者でも狼男や仮面ライダーやウルトラマンなら知っているだろう。日本昔話の「つるの恩返し」だって立派な変身譚である。そういう不思議な話として面白がって読めばいいと思う。

私見によれば、「山月記」よりもはるかに面白いのが短篇「名人伝」である。「名人伝」は紀昌という男が弓の名人になる話だが、アニメ漫画のように荒唐無稽なところがあって非常に面白い。弓の修業を始めた男が、最初に「瞬きせざること」を学ぼうとして訓練した結果、目蓋を閉じることがなくなって、ついには「彼の目の睫毛と睫毛の間に一匹の蜘蛛が巣をかけ」た。次に「視ること」を学ぶことにした彼が一匹の虱を髪の毛でくくって窓に吊るし、来る日も来る日も睨み暮したところ、やがてそれは「蚕」ほどの大きさに見えはじめ、三年後には「馬」ほどの大きさに見え、「占めた」と喜んで外に出ると、何と人は「高塔」に、馬は「山」に、豚は「丘」に、鶏は「城楼」に見え、取って返して「馬」のような虱を射るに、「矢は見事に虱の心の臓を貫いて、しかも虱を繋いだ毛さえ断れ」なかった、などという話が、まさに「漫画」的な部分である。

「名人伝」の背景には、老荘思想がある。老荘思想とは、「無為自然」を説いた古代中国の思想家である老子や荘子の思想の総称だ。「弟子」という短篇で孔子やその弟子たちといった儒教の徒を活写した中島が、絶筆に近い「名人伝」を書くにあたって、道教的なもの、つまり老荘思想に取材したのは面白い。おそらくは、竹林の七賢とか陶淵明、謝霊運といった中国の隠者たちが老荘思想から受け取ったと同じものを、晩年の中島も受けとっていたのであろう。思想にせよ芸術にせよ、インプット（入力）があれば、アウトプット（出力）があるものだ。中国の隠者たちの場合、彼らは詩による表現や隠遁という生き様によってアウトプットしてきたわけだが、中島は「名人伝」という小説の形でアウトプットしたわけである。

要するに、「名人伝」は中島の老荘思想に対するオマージュ（讃歌）とも言える作品であり、日本文学にしては珍しく知的かつ愉快な小説である。この点が「名人伝」の最大の値打ちだと思われる。

さて、この文章を書くために先の『中島敦全集』（ちくま文庫、全三巻、一九九三年）を書棚から引っぱり出してパラパラ頁をめくっていたら、一枚の紙切れが出てきた。「中島敦作品集簡介」と題するその短文は、ある中国人の留学生の友人に中島文学を紹介しようとして三十年前に私が下手な中国語で書いたものだ。企業トレーニーのその友人はかなりの日本文学好きだったので、帰国する前にはその時手元にあった『別冊1億人の昭和史　昭和文学作家史　二葉亭四迷から五木寛之まで』（毎日新聞社、一九九七年）という作家の写真集を餞別代わりに差し上げた記憶がある。（余談ながら、その後古本屋でまた同じ本を入手した。）

中島文学に対する私の見方は、その当時と全く変わらないので、次に日本語に訳し直して記しておくことにしたい。

中島敦は漢籍に対する造詣が深かった日本の作家の一人です。このため、彼は中国の歴史に取材したいくつかの小説を書きました。たとえば、『山月記』『名人伝』『李陵』『弟子』『わが西遊記』などです。

彼の作品は、梶井基次郎と同様にけっして多くはありませんが、非常に精彩をはなっており格調高いのが特徴です。日本では、いわゆる歴史小説家というのがたくさんいて、吉川英治、山岡荘八、海音寺潮五郎、山田風太郎、山本周五郎、司馬遼太郎などは皆そのような作家です。彼らの作品に共通しているのは「通俗性」ですが、中島敦の作品はそれらの歴史小説とは全く違います。中島の小説には、簡にして要を得た特異な文体や深刻なテーマもしくは寓意性といったものがあり、それらはすべて彼独得のものです。（もっとも通俗的な歴史小説は読んでそれなりに楽しいものです。）

日本の現代文学のなかで、中島文学は卓越した位置を占めているように思われます。

中島の父方の祖父は、亀田鵬斎の門下で門弟千数百人の漢学塾を開いた漢学者の中島撫山である。その次男・端は、小説「斗南先生」のモデルとなった漢詩人。三男・竦は亀田鵬斎の研究家でもある漢学者。七男・田人は彼の父にして旧制中学の漢文教師。この家庭環境から察しても、敦が幼少期から漢籍に親しむ素地は十分だったといえよう。敦の年譜には記されていないが、敦は父もしくは伯父の誰かれに四書五経や唐詩など漢詩文の素読を教わったに違いない。もしそうでなければ、少年時代、敦が近眼になるほど自宅等にある漢籍を読み耽ることなど到底できなかったろう。

敦と同世代の人物に、日本で初めてノーベル物理学賞を受賞した湯川秀樹がいる。（湯川の生年が一九〇七（明治四〇）年に対して、敦の生年は一九〇九（明治四二）年である。）湯川は自伝の『旅人』（角川文庫、一九六〇年）などで幼い頃（小学校に入る前）に祖父から漢詩文の素読を教わったことを公表しており、彼の兄の貝塚茂樹（中国歴史学者）や弟の小川環樹（中国文学者）もまた祖父から漢籍の素読を受けたという。（余談ながら、兄弟の名がすべて「樹」の一字で統一されているが、それは中国流の命名である。）敦にせよ湯川兄弟にせよ、中国古典によって教養の基礎を築いた「最後の世代」であり、彼らがなし遂げたそれぞれの偉業の根柢に漢詩文があったのは、非常に興味深い事実である。

坂口安吾（さかぐちあんご）

私の場合、坂口安吾を再発見したのは二十歳頃だった。（代表作の初読は、高校生の時分。）ビラ配りのアルバイトの途中で、北千住あたりの図書館に立ち寄り、何気なく手に取った安吾の短篇を読んだのがキッカケだった。そこには、次のような小説の書き出しがあった。

> 私は蒼空を見た。蒼空は私に沁みた。私は瑠璃色の波に噎ぶ。私は蒼空の中を泳いだ。そして私は、もはや透明な波でしかなかつた。私は磯の音を私の脊髄にきいた。単調なリズムは、其処から、鈍い蠕動を空へ撒いた。（「ふるさとに寄する讃歌」）

この部分の印象は強烈だった。まずその透明感——それは比類のないものだ。次に抽象度の高さ。これも「散文詩」と呼んでも差し支えないほど高度である。センテンスの短さも韻文の印象を強めており、かつリズム感がある。さらには、視覚、嗅覚、聴覚、皮膚感覚……と、五感に訴える表現も利いていた。

中学から高校にかけて太宰治には心酔したが、坂口安吾にはのめり込まなかった。なぜか。高校の一級上の先輩が熱烈な安吾ファンだったので、たぶんそれに対する反発があったせいだろう。また、「通俗的な小説や雑文を量産した作家」という安吾への先入観が敬遠する一因でもあったに違いない。

安吾夫人である坂口三千代（さかぐちみちよ）の『クラクラ日記』（ちくま文庫、一九八九年）を読んだのは、安吾の代表作は一通り読んだ後、つまり社会人になってからだった。「クラクラ」というのは眩暈（めまい）のことではなく、もとは野雀というフランス語で平凡なごく普通の少女をも意味し、作者が経営していたバーの名でもあるようだ。この随筆は、安吾との出会いから別れ（死別）までの八年間の歳月を描いているが、人物描写などが的確で、文章にツヤがあり、夫に対する愛情が行間に滲（にじ）み出ており、なかなか出色（しゅっしょく）の出来ばえだ。論より証拠、少し引用してみよう。安吾と出会って間もない頃、林忠彦（はやしただひこ）の写真で有名な、あの凄まじく散らかった書斎の一隅の、ＤＤＴの白い粉だらけの万年床で、三千代は何日間も眠る。そのときの描写。

どのくらいねむったか見当がつかないけれど、目を覚ますたびに彼が同じ姿勢で仕事をしているのを見た。時々耳をすますような様子をする。そしてまたリズミカルにペンが動く。私が目を覚まして背中をみていると、視線を感じるのか振り向いて黙って私の顔を見る。話しかけたいような気がするけれど、話しかけると小説がとぎれてしまうだろうと思うので微笑して見せた。（一八頁）

ひたすら眠るかと思うと時折目を覚ましてはじっと見つめる女とその脇で文机に向って一心不乱にペンを走らせる小説家。奇妙な取り合わせだが、文章からは双方の目立たない愛情が伝わってくる。しかも、執筆の合間に「時々耳をすますような様子をする」小説家の仕草も、妙に印象的だ。

安吾はこのとき、一体何に耳を澄ませていたのか。

「いずこへ」という彼の短篇に、次のような言葉が見える。

私はそのころ耳を澄ますようにして生きていた。もっともそれは注意を集中しているという意味ではないので、あべこべに、考える気力というものがなくなったので、耳を澄ましていたのであった。

この小説に「女」もしくは「私の女」として登場する人物のモデルが三千代だが、年譜を見ると二人が出会ったのが昭和二二年（安吾四一歳、三千代二五歳）の四月だから、三千代が安吾の万年床で何日間も眠っていた頃、安吾はゴミ屋敷のような書斎で六月に発表された「桜の森の満開の下」を書いていたのかも知れない。

いずれにせよ、安吾の虚空（こくう）に耳を澄ますという仕草は、小説家がインスピレーションを得る瞬間を象徴的に表しているように思われる。

三千代はまた安吾の孤独な素顔をこんなふうに描写している。三千代の家を訪れ、傍若無人にもゲイシャを呼んで騒ぎ、酔って眠りこんだ翌朝に見た安吾の顔。

……坂口氏は縁側で立てひざか何かの格好だった。おどろいたのはその顔で、今まで見た事もない顔だった。厳しい爽やかさ、冷たさ、鋭く徹るような、のちに何遍かこんな表情を見ているのだが、そのたびに、私はギョッとした。胸をしめつけられるような、もののいえなくなるような顔だ。私は黙って飛び出して来てしまった。こんな顔は見た事がないと私は胸につぶやきつづけた。(『クラクラ日記』一一、一二頁)

「顔」と言えば、脳出血でなくなる直前の安吾の次のような「顔」も、一度読んだら忘れられない「顔」だ。

いま考えれば貴方は死ぬためにもどられたようなものですね。十五日の晩おそくお勝手口の方からもどられて、「オーイ」と云ったのであわてて私はとび出して行きました。
そしておどろいたのは顔がちいさく茶いろく見えたことでした。つかれているなと思いました。鞄をあわてて受取ると「坊やは」とお聞きになった。「ええ起きておりますよ、待たしておいたのよ」と答えると、よほど嬉しかったらしく、何遍も坊やを抱きあげながら「よかっ

た、よかった」とくりかえしおっしゃった。（三二六頁）

安吾のアドルム中毒の話はつとに有名だが、その凄まじさは特筆に値する。アドルムという睡眠薬は、通常なら二〇錠が致死量で、薬に弱い人なら一〇錠でも死んでしまうことがあるといわれる。それを安吾は最も症状がひどい時には一日に五〇錠以上も飲んでいた、と三千代はいう。そのアドルムにお酒が加わると、乱心の度はさらに激しくなった。ストップウォッチ片手に「二〇分以内に蒲田まで行ってヨーカンを買ってこい！」と妻に厳命して実際に買って来させたり、「二階の窓から階下に飛び降りることさえ出来ればナントカなる」といって実際に全裸で飛び降りたり、やはり全裸で何かわめきながら階段の上から家財道具をたたき落としたり、とその錯乱ぶりは実に凄まじい。

一家の主人が狂乱状態を来せば、使用人を含む家族は、たまったものではない。一気に狂気に巻き込まれ、余裕も冷静な判断力も完全に失われてしまうことだろう。そのことは安吾夫人もきちんと書いている。「彼が狂気で暴れ出すと、私自身も急上昇に狂気になり、一家が全部、大野氏もひっくるめてたちまち狂気になった。実際は全家族が狂気になったということものちになって気付くのであって、その渦中にある時は、ムガムチュウで興奮状態にあることなど、誰も気付きはしなかった」と。

大量の劇薬を飲んでも死なない安吾の絶大な生命力もさることながら、それに振りまわされながらも正気を保ちつづけた家族の精神力にも驚かされる。

このように、安吾という作家はアドルム中毒で狂気の沙汰を演じたが、人を見る目は実に確かだった。たとえば、同じ「無頼派」の作家と見なされた太宰治の心中にふれた文章（「不良少年とキリスト」）の一節。

死に近き頃の太宰は、フツカヨイ的でありすぎた。毎日がいくらフツカヨイであるにしても、文学がフツカヨイじゃ、いけない。

芥川にしても、太宰にしても、彼らの小説は、心理通、人間通の作品で、思想性はほとんどない。

……通俗、常識そのものでなければ、すぐれた文学は書けるはずがないのだ。太宰は通俗、常識のまッとうな典型的人間でありながら、ついに、その自覚をもつことができなかった。

これは並みの小説家に吐けるセリフではない。本質を衝いているばかりか、安吾自身が文学上の「無頼派」ではなかったことを立派に証し立てる記述でもある。

安吾は「通俗的な小説や雑文を量産した作家」などではなかった。やはり不世出の独創的な表現者だったのである。

武田泰淳（たけだたいじゅん）

幻の名著というものがある。私にとってのそれは、さしずめ小田嶽夫（おだたけお）・武田泰淳（たけだたいじゅん）共著『揚子江文学風土記』（竜吟社、一九四一年）だ。

上海（シャンハイ）の復旦（ふくたん）大学への留学時（それはジョージ・オーウェルの長編のタイトルと奇しくも同じ「一九八四年」だったが）、文化大革命（一九六六―一九七六）のせいで蔵書が歯抜け状態になった大学の図書館で偶然見つけたのがその本だった。『揚子江文学風土記』には、揚子江（＝長江）流域の都市にまつわる文学談義が収められていた。なかでも印象的だったのは武田が担当した数章で、成都（せいと）における詩聖・杜甫（とほ）や女流詩人・薛濤（せっとう）、湖南省西部における元兵士の現代作家・沈従文（しんじゅうぶん）などだった。武田は東大で中国文学を専攻し、竹内好（たけうちよしみ）を中心とする中国文学研究会のメンバーだけあって、さすがに古今の中国文学の造詣が深く、いずれも興味深い内容だった。

揚子江といえば、こんな思い出がある。留学して間もない頃、上海市郊外の宝山（パオシャン）という場所に一人でバスに乗り継いで長江の河口を見に行った。よく晴れた日だった。岸から望む長江は、茶色く濁った海のようだった。岸辺近くには川魚を獲る木製の素朴な仕掛けがあった。水平線に目を凝（こ）らすと、はるか彼方にうっすらと対岸が見えた。「なーんだ。中国最大の川と言ったって、ちゃんと向こう岸が見えるじゃないか」と私は思った。しかし、後で地図を見て気がついた。さっき見たのは長江の「長興島（ちょうこうとう）」という小さな（！）中州にすぎなかった、と。

ところで、私は戦後文学者と呼ばれる一群の作家たちを愛好する者だ。なかでも武田泰淳は特別な存在だ。小説の作風が好きだからとか中国文学の先達（せんだつ）だからとか上海とかかわりの深い作家だからとか、いくつかその理由を挙げることもできるが、要するに、好きだから好き、なのである。


「生きて行くことは案外むずかしくないのかも知れない」

私は物干場のコンクリートの上に枕を置き、それに腰をすえて陽にあたっていた。陽の光の射さぬ裏部屋を出て、毎朝そこで日光浴をした。鶏が二羽、いつも枯れた菜や飯の残りを、その隅でつついていた。下の路地では、日本人の品物を買いあさる中国人の声が、ののしるようにきこえていた。売る方の日本人の声は低く、かつ弱々しくとまどっていた。そのため買い手の声が、余計たけだけしくおびやかすようにきこえた。遊んでいる日本人の子供の声だけは、楽しげに元気よかった。それが親たちを、かえってイライラと不安にさせるのだった。

「ともかく、みんなこうして生きている以上は」私は会元里の家々の屋根の向うに、白々と迫った映画館の壁を視力の弱った眼で見つづけていた。壁はギラギラ光り、冬の青空の中に浮び出ていた。「戦争で敗けようが、国がなくなろうが、生きていけることはたしかだな」

武田の短篇「蝮のすゑ」の冒頭である。「私」という主人公の自暴自棄めいた倦怠感と上海の路地に溢れる活気が対比されており、なかなか印象的な出だしである。

武田泰淳と堀田善衞はほぼ同時期に上海に滞在して交遊関係があり、同じく上海で日本の「敗戦」を迎えた。堀田の名著『上海にて』（集英社文庫、二〇〇八年）にも武田は少しだけ顔を出す。

一九四五年の春、彼らが南京に遊んだ時、「南京城壁の上で、真実に紫金の色に生えた紫金山を眺め、また眼路はるかにどこまでいってもつきせぬ江南の野をつくづくと見渡し」、堀田は「天皇と中国大陸とのかかわりあい」について思考をめぐらせる。西田幾多郎とか安倍能成といった当代の哲学者たちがそれをアクチュアルな哲学の問題として考えてくれたことがあったか、この広大な中国大陸を日本が支配するなどそもそも哲学的に間違っている、などと彼が考えていると、

> ……横に寝ていた武田泰淳が、むっくりと起き上って、
> 「おれは明朝没落史が書きたい」
> といった。そのことに、私は妙に感心した。現在のように無性にふとって脂切った、盛名ある作家ではなく、痩せこけていたこの元衛生上等兵であって学殖豊かな中国学者は、この城壁の上から見る壮大な風景に接して、こういうことを考えるものか、と私は思った。
>
> （「戦争と哲学」三二三頁）

中国文学者の入谷義高によれば、「明末」と呼ばれる時期は、政治史的には「衰退と混迷をたどった救いがたい下降の時期」だったが、文化史的には「この時期だけがもつ特異なもの、ひと癖あるものが、それぞれに鮮明な個性を主張しながら存在していた」時期らしい。（『袁宏道』岩波書店、一九六三年）武田には明末に活躍した袁宏道（字は中郎）という詩人に関する論考（「袁中郎論」）やその弟である袁中道（字は小修）を主人公とした小説（「水の楽しみ」）もあることから、その武田の書かれざる「明朝没落史」には、当時の政治家以外に、異端的な儒者や風変わりな文人たちが数多く登場したであろう。武田がその処女作『司馬遷――「史記」の世界』で取りあげた世界がまさに人間の坩堝であったように、文化が爛熟した明末もまた多様な人間を生みだした特異な時代だった。私は大学の卒論で明末清初の異端の思想家・李卓吾（李贄）の人物論を書いたが、この儒教（陽明学）と仏教（禅宗）の接点に位置する李卓吾こそ袁宏道・袁中道兄弟に直に思想的影響を与えた人物であった。（ついでに言えば、袁宗道というのがこの二人の長兄で、三人揃って李卓吾を訪ねた記録が残っている。彼らは文学史上「公安三袁」と呼ばれている。）その観点からも、私は武田の「明朝没落史」に興味を持つ。

さて、『上海にて』から引用したついでに、もう一ヶ所引用してみよう。その本のなかで堀田は、たとえば「異民族交渉というものは、徹底的なものである」と言い、「異民族交渉というものは、行動的なものであり、従って徹底的なものであるからこそ、それは文化の中核になりうるのである」と書いている。（「異民族交渉について」）

この一節は、私に武田泰淳の次のような言葉を想起せしめる。

……滅亡の真の意味は、それが全的滅亡であることに在る。それは「黙示録」に示された如き、硫黄と火と煙と毒獣毒蛇による徹底的滅亡をその本質とする。（「滅亡について」）

堀田は「異民族交渉」は「徹底的なもの」だと語り、一方の武田は「滅亡」は「徹底的滅亡をその本質とする」と語る。語る内容こそ異なれ、「徹底性」という一点において、両者はまさに符号のように一致する。「徹底性」の自覚は、両者に共通するところの上海体験の思想的到達点ということができるだろう。個人の力をはるかに凌駕（りょうが）し、なおかつその個人の上に情け容赦なく落ちかかり、叩きつぶし、破壊してしまうもの。そういう「徹底性」の自覚こそが彼らの思想の極点であり、戦後文学者としての出発点でもあったのである。

さて、ここで視点を変えよう。「小説の神様」志賀直哉（しがなおや）の端正な横顔。眼光するどい川端康成の顔のアップ。銀座のバー「ルパン」の足の長い止まり木の上で立膝してすわる太宰治。すさまじく散らかった部屋で原稿用紙に向かいつつ上目づかいにこちらを見る坂口安吾。ボディビルをする前の上半身裸で胸毛を生やした三島由紀夫（みしまゆきお）。……。林忠彦（はやしただひこ）はそのような文士の写真で知られる写真家だが、『文士の時代』（朝日文庫、一九八八年）という写真集の「武田泰淳」の項で、林は武田の印象を次のように述懐している。

武田泰淳さんの場合、たえず伏し目がちなんです。こちらがパッと顔を見ると、フッと顔をそらす。しゃべっていても、たえずタバコに火をつけて下の方ばかり見ているふうな感じの人でした。だから、写真もうつむいているところを撮ったんです。（略）この作家は、もの静かな人で、何事が起こっても、あまり顔に出さない人なんだなというように考えたわけです。

ところが、実際には、武田さんの書かれるものは非常にシャープで、ときどき書かれる批評の炯眼（けいがん）は抜群のものだったということをあとでうかがって、まったく僕の見ていた面というのは上（うわ）っ面（つら）だけだったような気がして、写真を撮るのにも、もう少し人物を観察するおつき合いが、ある程度は必要なんだなということをつくづく感じさせられましたね。


これとほぼ同じ内容のことを、『近代文学』の同人で盟友の埴谷雄高（はにやゆたか）は、エッセイ「武田泰淳」に書いている。そこでも武田泰淳は《うつむいている人》と呼ばれている。持ち前の含羞（がんしゅう）ゆえか、その並外れた「視力」の良さゆえか、いつも俯（うつむ）きかげんで煙草（たばこ）をくゆらせ、時折チラッと顔を上げる髭面（ひげづら）の武田。ゴーゴリの小説に登場する妖怪「ヴィヰ」のごとく、その一瞥（いちべつ）で見たものを鮮やかに記憶し本質を把握してしまうというのだから、その記憶力や洞察力（どうさつりょく）は恐ろしいほどだ。

とはいえ、私にとって武田泰淳は、一度お会いしたかった小説家の一人である。

堀田善衞

『真空地帯』『永遠なる序章』『贋学生』『仮面の告白』『悲の器』……。坂本一亀（＊）という名産婆役の編集者がいて日本の戦後文学の一部は成立したわけだが、堀田善衞の『めぐりあいし人々』（集英社文庫、一九九一年）という回想録（ないし自叙伝）を読むと、戦後文学者たちの「来し方」つまり「来歴」がわかるような気がする。

　堀田善衞は一九四三（昭和十七）年に慶応義塾大学を卒業し、「この戦争の最中できるだけ本を読んで、ものを書いて暮らせるような暇なところはないか、かなり一所懸命探して」ようやく「知識人の吹き溜まりといった感じの」得体の知れない団体に就職したという。そして、その翌年、海軍の軍令部臨時欧州戦争軍事情報調査部（略称、「欧戦調査部」）に転じ、毎日暗号解読にいそしんだ由。当時、福永武彦なども陸軍の参謀本部で暗号解読をやっていたようで、その作業は非常に退屈だったという。

　戦時中というのは、勤労動員や前線で忙しい人はやたら忙しく、かつ命がけだったけれども、吹き溜まりみたいなところにポコッと放り込まれた人間は、暇で暇でしょうがない。もしかすると、暇で暇でしょうがない連中が、戦後文学を担ったといえるのではないだろうか。中村真一郎君なども、何をしてたかというと、海洋気象台が疎開した軽井沢で、モナコの王様が書いた海洋学の本を翻訳していたんですから。(『めぐりあいし人々』二〇、二一頁)

scholar(学者、学徒)の語源はギリシャ語の「スコラ(暇)」だったな、と思い出させるような証言だ。試しに手元にある『わが文学、わが昭和史』(筑摩書房、一九七三年)という、戦後文学者たちによる座談会記録(参加者は、椎名麟三、武田泰淳、中村真一郎、野間宏、埴谷雄高、堀田善衞の六名)をひもといてみても、堀田と中村の経歴は右の証言通りで、そこには支那事変の最初に出征した武田の話や大東亜戦争の初めに出征した野間の話、タバコを一本煎じて飲んで肺結核を偽装し徴兵忌避した椎名の話とか、徴兵ではなく防衛召集された埴谷が吉祥寺で防空壕堀りばかりたっていたという話なども出ていた。

それはさておき、上海で敗戦を迎えた堀田青年は、一九四七(昭和二十二)年に最後の引揚げ船に乗って帰国する。ようやく着いた佐世保で彼は「リンゴの歌」を聞き、心底ショックを受ける。「ショック」の内容は、本人に直接語ってもらおう。

……あの敗戦ショックの只中で、ろくに食べるものもないのに、こんなに優しくて叙情的な歌が流行っているというのは、なんたる国民なのかと、呆れてしまったんです。しかも、そのときは二・一ゼネストが決行されるかどうかという時期ですから。もう革命運動などはだめだ、この国の優しさに寄り添って、流れ流れてどこまでも行ってやる、そんな虚無的な気持になってしまいました。

それからもう一つ。中国では彼らの勝利のことを〝惨勝〟といっていたんです。惨憺たる勝利、ですね。ところが日本へ帰ってみると、明白な敗戦なのに〝終戦〟とごまかしている。この認識の甘さにも絶望しました。（四九頁）

日本政府特有のごまかし、はぐらかし、曖昧さ、玉虫色の解釈…、英語で言えばeuphemismというやつだ。ちなみに、このことは、加藤周一も大江健三郎も辺見庸も異口同音に指摘し、その危険性を訴えている。この「惨勝」と「終戦」の認識のへだたりについて、堀田は『上海にて』（集英社文庫、二〇〇八年）のなかで次のように語っている。

当時、私は中国にいて、戦後のただならぬ現実を、いち早く「惨勝」としてうけとった中国の人たちの現実認識に深くうたれた。そして惨敗という、惨憺たる現実を、いち早く「終戦」と規定して、国民のうける心理的衝撃を緩和しようと企図した日本の支配層の、その、たとえて言えば隠花植物のような、じめじめとした才能にも、なるほど、と思わせられた。異様な具合式で、感心させられ、さえした。一民族の、どん底の基底というものは、結局、その民族の現実認識の能力如何にかかっている。（「惨勝とはなにか」一八八、一八九頁）

この現実認識の決定的な違いは、どうだろう。「敗戦」を「終戦」とごまかしてしまう日本人に対して、「惨憺たる勝利」であるがゆえに「惨勝」と表現する中国人。ここには雲泥の差がある。私は日本人の一人として、実に情けなく、残念に思う。別に中国を贔屓(ひいき)するつもりはないが、「抗暴」という言葉を持つ国と持たざる国との違い、という気もする。

『上海にて』に言及したついでに、もう一ヶ所だけ『上海にて』の忘れがたい一節にふれておこう。私は学生時代、上海の復旦(ふくたん)大学という大学に留学したのだが（専攻は「現代中国文学」）、その留学の動機ともなった一節である。

堀田が初めて上海の地を踏んだのは一九四五年三月、二七歳の時だ。その上海で彼は復旦大学の学生や教授たちと出会う。当時の大学生や教授たちとは「乞食同然の風態と化した『流亡学生』や『流亡教授』たち」のことだが、そのなかの一人の学生が、「まったく私に嚙みつくような工合にこんな質問を投げかけてきた、という。

「あなた方日本の知識人は、あの天皇というものをどうしようと思っているか?」

顔色土色で、栄養失調のせいであろう。髪の毛がひどく薄くなっているこの青年は、那個天皇東西と、たしかに言った。那個というのは、アレとかコレとかいう代名詞であり、東西(トンシー)というのは東(ヒガシ)と西(ニシ)のことではなくて、モノ、このモノ、あのモノの、モノのことである。黄色い歯をむき出して、ほんとうに嚙みつき切りつけんばかりの憎悪があらわれていた。顔の皮膚は、中国西北の山襞（やまひだ）のように皺（しわ）が目立ち、節くれだってひびの入った手は、生きるためにあらゆることをして来たことを物語っていた。この経験をかつて小説（長編小説『歴史』を指す。――河村註）に書いたとき、私は、「天皇に対する憎悪不信も、ここまで来ると、そこに純粋な金属の截断面を見るような一種の痛烈さがあった」と書いたことがあるが、それはまったくそうであった。そして、たとえ噛みつくようであっても、そういう無理難題を出して私を苛（いじ）めてやろうという下心は、まったくないということを、私はわからされていた。質問自体、天皇制をどう思うか、などということではなくて、より積極的に「どうしようと思っているか」というのである。（六一頁）

「あなた方日本の知識人は、あの天皇というものをどうしようと思っているのか？」〝你们日本知识分子把那个天皇东西想着怎么办呢？〟（ニーメンリーベンジーシーフェンズバーネイガティエンフォアントンシシアンジャゼンマバンナ）おそらく「流亡学生」は中国語でこのように問いかけたことだろう。右の一節を読んだとき、私は決心した。復旦大学はこんなラディカルな質問をする学生を生んだ。それなら自分もその大学に行ってみてやろう、と。

日本の戦争責任の問題は、最終的には昭和天皇個人の戦争責任の問題に帰着する。戦争の全責任はなかったにせよ、実質的に「十五年戦争」の最高責任者であった以上、戦争の最大の責任は彼個人にあった。

日本の戦争責任の問題が、戦後しばしば日本の知識人によって取り上げられたにもかかわらず、常に曖昧な結果となった最大の理由は、敗戦と同時に引責する形で潔く退位すべきであった昭和天皇が「象徴天皇」として在位しつづけたためだ。

「戦争責任」という言葉が普及したのは、極東国際軍事裁判、いわゆる東京裁判（一九四六－四八年）以降のことで、それは世界史上初めての出来事だったが、堀田の右の文章に出てくる「流亡」を重ねた老学生は、戦後いち早く昭和天皇個人の戦争責任というものを問題にしているのである。これを先見の銘と言わずして、一体何をそう呼べばいいのだろう。

（＊）坂本一亀は、二〇〇二年三月二八日に亡くなった音楽家の坂本龍一の父君である。作家たちからは「イチカメさん」の愛称で親しまれていたらしい。

小田実（おだまこと）

教壇にのぼる小田実の横顔を見て、「ひどい猫背だな」と思った。デニムのワイシャツの上にジャケットを羽織った高名な作家は、学生に軽く一礼するとすぐ着席した。座るとなおさら首が上体にのめり込んでいるように見えた。猪首（いくび）。亀背（かめぜ）。そんな言葉をぼんやりと想起しながら、私は大阪弁まじりの英語の授業を始めた小田氏を見ていた。

「ベ平連（ベトナムに平和を！市民連合）」の創始者としても有名なこの市民運動家が予備校（代々木ゼミナール）で英語を教えていると聞いたのは、大学一年生の夏だった。以来、私は時々モグリでその授業を聞きに行った。小田氏の授業は「英語長文読解」と「英語を書く講座（英作文）」の二種類に分かれていた。授業のスタイルは早口の関西弁でまくし立てるユニークなものだったが、それ以上にユニークだったのは彼が自らの蔵書や新聞のなかから抜粋して来る教材の中身だった。

たとえば、「英語長文読解」では、オーストラリアの原住民アボリジニーの生活と美術に関するもの、アメリカインディアン・イロクオイ族の社会・生活・文化について書かれたもの、限定核戦争について論じたもの、パレスチナの芸術について書かれたもの、第二次世界大戦における天皇陛下や首相について書かれたものなどを読んだ。一方、「英語を書く講座」では、しばしば

A新聞の記事や読者投稿を英訳させられたが、時には「生ましめんかな」とか「私は広島を証言する」といった〈反核〉の詩が教材に選ばれた。

そう言えば、ある時こんなことがあった。確か「英語を書く講座」だったと思う。「この問題は君や。次のは君や。その次のは君や」と指名された学生が教室の前に出て来て黒板に英作文することになった。指名された学生のなかに私も混じっていたので、仕方なく前に出て英作文したところ、「これはダメやね」と大きくバッテンされ、徹底的に直された。「これでも一応大学生なんですけど」と内心思ったものの、モグリの分際でそんな負け惜しみが言えるはずもなく、黙って恥を忍ぶしかなかった。

それはそうと、小田実は非常にラディカルな作家だと思う。別の言い方をすれば、原理・原則的なものにこだわり、かつ突き詰めようとした作家ということだ。たとえば、ヨーロッパ文化の源流はよくギリシャ哲学とキリスト教だと言われるが、小田氏が東大文学部言語学科でギリシャ語を専攻したのもその表れと考えられる。そしてまた留学先をアメリカの大学（ハーバード大学）にしたのも、日本を敗戦に追い込んだ敵国の様子をとことんまで見てやろうという意欲の表れだったはずである。「べ平連」のような市民運動の行動原理は「反戦」であったし、政治的発言をする場合の試金石は「普遍（一般）民主主義」だった。

小田実の文体は、しばしば原石をゴロッとそこに投げ出したような「荒削り（あらけずり）」な感じで、読者にいささかぶっきらぼうな印象を与える。しかし、そこがまた小田氏の文章の魅力なのである。

正直に言えば、その小説にはあまり感心した覚えがないが、『何でも見てやろう』（一九六一年）をはじめとする紀行文には抜群の冴えを感じた。

その小田実が亡くなったのは二〇〇七年七月三十日ことで、『生きる術としての哲学—小田実最後の授業』（飯田裕康／高草木光一編、岩波書店、二〇〇七年）は晩年の講義録である。その講義録を見ると、そこには数葉の写真がある。すっかり白髪頭になった猫背の男は紛れもなく小田実その人であり、大学一年生の頃代ゼミの英語の授業でお目にかかった姿とオーバーラップするものだ。

二〇〇二年度慶應義塾大学経済学部で行われた小田実特別招聘教授による「現代思想」の講座にもかつての私同様モグリの大学院生や老若の市民が大勢いたらしく、総勢四百人の参加者で毎回盛況だったようだ。編者（飯田）の「まえがき」によれば、小田氏は講義中によく「おれは作家や。君らは学生や。」と言ったとか。編者が指摘するようにその発言は「てんでの職能（役割）は異なるが、『市民』としては対等や」という意味に取れる。

講義録のタイトルに含まれる「哲学」の一語。この「哲学」の訳語はおかしい、と小田氏はまず指摘する。その理由は、《philosophy》がもともとギリシャ語で「愛知」を意味するからだ。その「哲学」には、Ⅰ「思考のなかの哲学（＝形而上学）」《Philosophy in Thought》とⅡ「行動のなかの哲学（＝行動哲学）」《Philosophy in Action》の二種類ある、と彼は持論を展開する。

明治以降、西洋から哲学を受け入れる際に、日本人は「分析学」であるⅠにあまりにも偏重しすぎた。ハッキリ言えばⅠだけ取って「修辞学」であるⅡを捨てた。Ⅰのプラトン、アリストテレス、デカルト、フッサール、ヘーゲル、カントなどが輸入され、Ⅱのソクラテス、ロンギノス、ラッセルなどは切り捨てられた。小田氏が重視する「哲学」はⅡの「行動哲学」であり、彼の卒論は『崇高について』などの著書がある古代ギリシャの哲学者ロンギノスだったと言う。

欧米の大学では、哲学科があれば必ず修辞学科がある。ところが、日本の大学には哲学科はあっても修辞学科は存在しない。明治政府がそれを切り捨てた理由は、修辞学がもともと古代アテナイの民主主義の学問・技術であり、天皇制近代国家を確立する上で必要なかったからだ。さらに、その当時西洋社会のなかで修辞学そのものが教養問答のような「儀式」と成り果てて堕落していた、という事情も小田氏は付言している。

ちなみに、その本ともう一冊の絶筆『中流の復興』(NHK出版、二〇〇七年)から小田実独自の「原理・原則」ないし基本認識を抜き書きすれば、おおよそ次のようになるだろう。①「される」側から考える(「される」側は、本多勝一の「殺される側」と同義。市民は「される」側、権力者は「する」側)。②戦争を否定する。③中流の暮らしを土台にする。④デモ行進で歩くのが市民。⑤教育は自由な人生を満喫する土台づくり。⑥天皇制は不要。⑥「西洋化」や「近代化」のなかには「侵略」の要素が入っている。……

昔からそうだが、文章でも講義でも小田実にはやや無造作な印象がある。それはおそらく何でも物事をザックリと大づかみにする思考方法や単刀直入な物言いに由来するものだろう。代ゼミの授業中、講演を頼まれてもいちいち演題を考えるのが面倒だから「最近思うこと」というような便利なタイトルにすることが多い、と話していたのを思い出す。

小田氏の表現が一見すると無造作に見えることは、必ずしも彼の性格が大雑把であったことを意味しない。むしろ実際はその逆で非常に繊細な神経の持ち主だったろうと思われる。大雑把な人間がそもそも文学などに興味を持つはずがなく、ましてや多年にわたって小説を書きつづけることなど不可能だからだ。

慶応の最終講義のなかで小田氏は、「知的であれ」と大学生にエールを送っている。『知的である』というのは、大きな円のなかでものを考えること、そして大きな時間的な広がりのなかで考えること」であり、そのためには知識が必要になる、と。しかし、その知識にも限界があり、その時は知識を超えて「人間的想像力（human imagination）」を駆使しなければならない、と彼は訴えている。

「知的であること」は、おそらく小田氏自身のモットーでもあったのだろう。「原理・原則」的な思考を貫きつつ市民運動や評論活動を行った小田実。「原理・原則」といった大枠の隙間（すきま）を埋めるようにして「人間的想像力」を駆使して「全体小説」を書こうとした小田実。終生行動的で問題意識がブレることのなかったこの作家を見習って、私も死ぬまで「知的であること」を実践したいと思う。

大江健三郎

その日、私はＪＲ中野駅付近を線路沿いに駅に向かって歩いていた。なぜだか両手にビール瓶を何本も入れた重い紙袋を引っ提げていた。晩に東中野の下宿で宴会でもしようと買い込んだものだったに相違ないが、詳しい経緯は忘れた。すると、駅の方からメガネをかけた小太りの中年男性が一人歩いて来た。それはちょっと奇妙な歩き方だった。重心が定まらない、何だかフワフワした歩き方なのだ。その男性とすれ違ってしばらく歩いた後で、私は「あっ！」と思った。「大江健三郎だ！」やおら私は踵を返して男の跡を追った。

大江氏には外から室内プールが見えるスポーツクラブの入り口で追いついた。

「あのー、大江健三郎さんではありませんか？」

受付を済ませて階段を上りかけた大江氏は、私の声に驚いて振り返った。

「はあ、そうですが。」

怪訝な表情で答える大江氏。私は両手のビールを床に下ろし、慌てて自己紹介した。

自分は早稲田の文学部に通う学生であること。高校生の時分から大江文学の熱烈なファンであること。大学では級友たちと文芸同人誌を出していること。将来は作家になりたいこと……。

その時私は、おそらくそんなことを申し上げたように思う。大江氏は、ちょっと警戒するようにして私の話を聞いておられたが、「手紙を出したいので、大江さんのご住所を教えて下さい」とのお願いに及ぶや、「手紙なら、自宅ではなく、I書店宛に送って下さい。そこから転送してもらうことになってますから」とピシャリと言われた。

階段を上っていく大江氏を見送った後、私は両手にビールを引っ提げ、ふたたび中野駅へと向かったのだが、後から考えるとこの時の出会いは色々と暗示的だった。たとえば、大江氏には「泳ぐ男―水の中の「雨の木（レイン・ツリー）」」（一九八二年）という短篇小説があるが、その作品の舞台にリアリティを与えている場所が、どうやら大江氏が通うそのスポーツクラブの室内プールであるらしいこと。それがひとつ。

あとひとつ、どこの馬の骨ともわからない、しかも両手に重たそうな荷物を持った怪しげな青年に突然呼び止められて、大江氏には反射的にイヤな記憶が蘇ったのではないか、ということ。その「イヤな記憶」とは、彼の小説「セブンティーン」（一九六一年）の第二部「政治少年死す」が雑誌『文学界』に発表された直後、右翼の強迫で生命を脅かされ、文藝春秋社が謝罪文を出した、という事実に基づくものだ。話すうちに誤解は解けたはずだが、最初のうちは「こいつは一体何者だ？」という私に対する警戒心があったのではなかろうか。

ところで、大江文学にのめり込んだのは、高校生の時分だ。その文章には、まず他の現代作家にはほとんど感じない「才気」が感じられた。ある時、初期の小説群を読んでいて「大江は新しい日本語を創造している！」と閃（ひらめ）くように感じたものだが、それは今でも錯覚ではなかったと思う。「飼育」(一九五八年)という短編や『芽むしり仔撃ち』(一九五八年)などという中編は、紛れもない傑作である。「不意の唖」などは非の打ちどころがない好短編だ。しかし、『万延元年のフットボール』(一九六七年)という長編などは昔は断然「傑作」だと思ったものだが、今はそう言い切る自信がない。社会人になって再読して、大して面白くなかったからだ。

酷な言い方かも知れないが、『同時代ゲーム』(一九七九年)をピークとして、その後の大江文学は下降線の一途をたどっている、というのが私の基本認識だ。一九九四年のノーベル文学賞受賞という出来事を考慮しても、その見方は変わらない。大江氏には昔から他人の文章を自分のエッセイや評論に引用する癖があるが、『同時代ゲーム』以降は自らの小説においてすらそのような引用が多くなった。それだけならまだしも、自身の旧作を小説に引用するに至っては、言語道断、老化現象と言われても仕方がない。

さて、総括じみた話はさておき、大江氏の初期短篇について考えてみたい。それらはおおむね秀作・傑作揃いだが、成功の鍵は三つあると思う。①その欧文脈の生硬な文体と②「限界状況における人間」というようなフランスの実存主義的哲学的なテーマ設定、それに③タイトルのネーミングの巧みさの三つである。「死者の奢り」(一九五七年)「飼育」「人間の羊」(一九五八年)「不意の唖」(同上)『芽むしり仔撃ち』(同上)。どれひとつとっても、そこにはほぼ同一のテーマがあり、欧文脈の、ぎこちない、それゆえに印象的な文体がある。あとは一度見たら忘れられないタイトルの強烈な印象(これは山本夏彦も指摘している点だが)。このネーミングのうまさも比類がない。

文章は形容詞から腐っていく。そう喝破したのは大江氏と同世代の作家・開高健だが、この伝で行くと直喩や隠喩を含め過剰なまでの形容（修飾語）に満ち溢れているこの「飼育」などは、どうなるだろう。発表から五十年以上を経た今日では、確実に腐敗し、白骨化していそうなものだが、驚くなかれ、依然として生きいきとしており、再読にも耐えるのである。一体なぜか。

その理由は、特徴的な比喩や修飾語の連鎖の大部分がイヤミになる一歩手前で詩的効果を上げているからではなかろうか。これは実に際どい芸である。なぜなら、単語の選定、その数と組み合わせを少しでも誤れば、表現は単なる贅肉と化すからだ。「贅肉」とは、具体的に言えば、直喩、それも「鳥のように」とか「夢みるように」という常套句的な比喩であり、また「堂どうとして英雄的で壮大な信じられないほど美しいセクス」などという過剰すぎて滑稽味すら帯びている修飾語の連鎖である。しかし、直喩のなかでも「植物の茎のように」とか「発情した犬のセクスのように」などといった独創的なもの（叙述的直喩）は、「贅肉」ではなく、強靭な「筋肉」となりおおせており、「飼育」のなかの直喩の大半はこれら独創的なもので占められているのである。長谷川四郎のたとえば「張徳義」（一九五二年）の文体を長距離ランナーのようにスリムな筋肉質の肉体だとすれば、「飼育」の文体は筋骨隆々たる短距離ランナーのそれであろう。

牧歌的抒情というが、彼の場合、その「抒情」の性質も独特なものだ。それは従来の日本文学に見られた抒情とは明らかに一線を画している。抒情の性質は自然描写を見れば一目瞭然である。試しに「飼育」の冒頭を見てみよう。

僕と弟は、谷底の仮説火葬場、灌木の茂みを伐り開いて浅く土を掘りおこしただけの簡潔な火葬場の、脂と灰の臭う柔かい表面を木片でかきまわしていた。谷底はすでに、夕暮と霧、林に湧く地下水のように冷たい霧におおいつくされていたが、僕たちの住む、谷間へかたむいた山腹の、石を敷きつめた道を囲む小さい村には、葡萄色の光がなだれていた。

硬質の抒情。大江氏の自然描写は、その用語からして生物学的でなおかつ圧倒的な量感・肉感に満ちており、今読んでもなお不思議な魅力が感じられる。

その「硬質の抒情」の中心にあるのは、光とか霧といった自然現象の表現だ。「葡萄色の光」「淡い月の光」「朝の豊饒な光」「午後の光」「陽の光の氾濫」「豊かな陽の光の中」「熱気のある強靭な光」……。光の表現はきわめて多彩で、そこには強いこだわりが感じられる。霧の表現もまた多様で「林に湧く地下水のような冷たい霧」「溷濁した灰色の霧」「濃い霧の層」「雨のように大粒の霧」……と枚挙に暇がない。これら千変万化する光と霧は「飼育」の基本的なイメージを形成している。

自然描写の仕方は大江氏の独創によるものだが、その根底には「四国の森の奥の谷間の村」で培われた感覚、感性――つまり自然によって育まれた豊かな感受性がある。大江氏が敬愛した詩人のW・H・オーデンは、その著『染物屋の手』（一九七三年邦訳）のなかで「将来詩人になる人は幼年時代を都会で過ごすより田舎で過ごしたほうがよい」と書いているが、どうやら小説家にとっても幼少年期の田舎暮らしは奏効するものらしい。

また、初期の大江が「性的なるもの」をテーマとして性描写に果敢に挑んだことも私にとっては刺戟的だった。それは巷にあふれる官能的なポルノグラフィとは一線を画するものだった。

私の高校のある先輩は、戦後文学者の埴谷雄高が大好きで、高校生の頃、その代表作である『死霊』という黒ずくめの単行本を小脇に抱えて深夜の街を闊歩したというが、私にも似たようなことがあった。私の場合は、大江の『同時代ゲーム』を持って霧がかった村を徘徊した。ちょうどその頃、私は大学受験を控えており、受験勉強のかたわら、『同時代ゲーム』に触発された小説の草稿をノートに書いていた。ノンキなものである。

若い頃の自分に甚大な影響を与えた大江健三郎。彼は今年（二〇二三年）の三月三日に八八歳で逝去した。謹んでそのご冥福を祈りたい。

高橋和巳（たかはしかずみ）

高橋和巳は、いわゆる「団塊の世代」の若者たちによく読まれた作家だが、彼には大別して三つの「顔」があった。①小説家、②評論家、③学者（中国文学者）の三つである。①の側面は論じ尽くされている観もあり、私自身さほど彼の小説の熱心な読者ではなかったので、ここでは一切論及しない。ふれてみたいのは、②と③の側面である。

高橋和巳について私が最も強調したいのは、彼の論理的な文章のうまさである。それは、彼の評論か硬めのエッセイでも読めば、直ちに納得されるはずだ。

たとえば、『文学のすすめ　学問のすすめ6』（筑摩書房、一九六八年）における高橋の論文「現代思想と文学」（※）である。社会主義リアリズム、実存主義、プラグマティズム、フロイディズムといった現代思想への目配りの良さ、それらの現代思想・哲学と文学との関係に関する論理的説明。若い頃、この文章を読んで、私は高橋の評論家としての側面に目を瞠（みは）ったものだ。これだけ難解なことをよくきっちり整理して書けるなあ、と感嘆した。教科書という言葉は無味乾燥なもの、スカスカなものの代名詞として使われがちだが、真に重要な事柄を網羅して要領よくまとめ上げたものが「教科書」だとすれば、この「現代思想と文学」などは、まさに教科書的記述の典型で、豊富な学識に裏づけられたすぐれた文章だった。他にも『漢詩鑑賞入門』（創元社、一九八〇年）に高橋が書いた「中国詩史梗概」などからも同様の印象を得たものだ。

中国文学者としての高橋和巳の側面は、同じく中国文学者である井波律子が最も的確に捉えている。井波は『文芸読本　高橋和巳』（河出書房新社、一九八〇年）（※※）に「高橋和巳と中国文学」と題する一文を寄せているが、その冒頭近くに次のような一節がある。

……高橋氏が研究対象に選んだ文学者たちは、みな深く根源的なところで、どこか彼自身に似ており、何らかの面で、高橋氏の〈分身〉であるようにみえる。たとえば、潘岳と江淹はその過剰な感傷性において、陸機と顔延之は何よりも論理を重視する観念性において、そして李商隠は、遂に現実をも文学視するにいたる、文学への過度の執着によって。

要するに、研究者としての高橋は、対象に必要以上に感情移入しており、パセティックなのである。だから井波は高橋の研究を「文句なく、〈おもしろい〉」と絶賛する反面、こうした態度（その前段にある「無限の〈共感〉と〈愛〉をこめて、遠い過去に生きた異国の文学者を、時空を越えてよみがえらせようとしている」という態度を指す。河村註）は、「研究者としては、かなり主情的でホットなものといわざるをえない」としっかり釘を刺してもいるのである。

井波の一筆書きがあまりにも見事なので、そこに何かをつけ足す必要をほとんど感じないが、ひとつだけ補足すれば、高橋が現代中国語で書かれた魯迅の短編集『吶喊』（一九二三年）を翻訳していう点だ。若い頃、私はそれを中公文庫で読んだが、高橋の関心が六朝美文や晩唐の詩人（李商隠等）にとどまらず、現代中国文学にまで及んでいたことのひとつの証左と言えようか。（私も魯迅が大好きなので、高橋が魯迅の短編集を翻訳のテキストに選んだ点には好感を抱いている。）

高橋の学友でSF作家の小松左京は、その著『小松左京のSFセミナー』（集英社文庫、一九八二年）のなかで京大時代の高橋和巳の面白いエピソードを紹介している。小松や高橋が大学三年生だった頃、「大変な秀才」だった高橋は中国文学の師である吉川幸次郎に対して次のような問題提起を行った、というのだ。

中国という「大文明」の中で生まれ育った「文学」の考え方では、「小説」の価値序列はきわめてひくい。しかし、西洋文学ではホメロス以来、ダンテ、ドストエフスキィにいたるまで「虚構」「小説」は万有をうつし、精神の深淵と存在の核心にせまるものとして、きわめて精神的に高く評価されている。とすれば、未来の「世界文学」のあり得べき姿を考える時、この価値判断の違いを一体どう克服していけばよいのか？

小松によれば、この質問は「吉川幸次郎先生に非常なショックを与えた」らしい。私も高橋と同じように大学で中国文学を学んだ者だが（むろん彼ほどの秀才ではなかったが）、このような問題の立て方に私は高橋和巳らしさを感じる。また彼の初期の文学観を示す逸話だけに、きわめて重要だとも思う。中国文学と西洋文学の価値判断のギャップに歯噛みする高橋青年。それは学生時代、岩波文庫の『論語』を読みながら、「むかっと腹を立て」何度もその本を下宿の壁に叩きつけて韋編三絶させてしまった、というエピソード（「論語―私の古典」）とも容易に結びつく。

大学生の高橋の問いかけに中年の私がいま答えるとすれば、次のような回答となる。

君は西洋文学の基準で中国文学を測ろうとしている。「未来の『世界文学』のあり得べき姿」と君は言うが、そもそも「世界文学」とは一体何を指すのか。その言葉自体が曖昧模糊としているのだから、その未来のありうべき姿などわかるはずがない。考えるだけ無駄だろう。してみると、君の設問はその仮定からしてぐらついているのがわかる。続けて「この価値判断の違いを一体どう克服していけばよいのか」と君は言うが、ここまで来るとナンセンスの域に達する。なぜなら、東西における「小説」は、そもそもその発端からまったく別種のものであり、その発展の仕方もそれぞれ独自のものであったからだ。そういった独自の文学史の延長線上にある両者を単純に結びつけ、同日に論じようとするなど、発想のユニークさは認めるとしても、文学の問題としては到底容認することはできないな。結論として言えることは、「小説」あるいは「虚構」の価値判断の違いなど克服する必要はない、ということだよ。

鶴見俊輔は「戦中思想再考―竹内好を手がかりとして―」という論考のなかで、竹内好らが立ち上げた中国文学研究会が現代中国文学の「小品文」という地味な身辺雑記に着目したという文脈にそって「日本に劣らない優れた長編小説が中国にもあるはずだ、ある、というふうに探索していくところからは、中国現代に対する目は開かれない」と述べ、その価値基準を「ヨーロッパ現代のメガネ」と呼んでいたが、高橋の質問はまさにそのような色メガネをかけたそれなのである。

高橋の問いに対する吉川幸次郎の答え。それは小松の前掲書には見当たらないが、憶測する手立てはある。その答えらしきものを吉川の著作に探せば、おそらく次のような一節に辿りつくだろう。思うに、当時の吉川教授が高橋青年に対して似たような答弁をした可能性は高い。出典はいずれも『東洋におけるヒューマニズム』（講談社学術文庫、一九七七年）である。

西洋の小説も、非日常的なものへの熱心を基盤としましょう。ところが、われわれ（＝東洋人。河村註）の場合は、小説よりも人間の実生活を記録した歴史によって、人間の批判を行うという傾向が有力です。特に中国ではそうです。（「東洋におけるヒューマニズム」）

私は真実を語るためには虚構の世界の設定をもあえてする西方の精神、それは宗教的な他世界をもしばらく虚構の語にふくめてそういうのであるが、そうした西方の態度へも、素人として興味あるいは同感をもつとともに、虚構を排斥して、あくまでも事実の中に真実を見ようとする東方の態度に対しても、そのくろうととして、その独自な価値を主張したい気もちをもつ。（「虚構と現実」）

※この論文は『人間にとって』（新潮文庫、一九七九年）にも収録されている。

※※このエッセイは、井波の『中国的レトリックの伝統』（影書房、一九八七年）という単行本にも収められている。後に講談社学術文庫（一九九六年）。

開高健（かいこうたけし）

小説家・開高健の最高傑作は、誰が何と言おうと（誰も何も言わないか）長編小説『夏の闇』（新潮社、一九七八年）である。本書を巷（ちまた）のエロ小説と同一視する御仁（ごじん）がいるかも知れないが、それは大間違いである。そのセックス描写は人間探求そのものであり、通俗的なポルノグラフィーとは明確に一線を画している。

『夏の闇』の舞台はパリなどのヨーロッパ、ベトナム戦争を遠景としてかつて恋愛関係にあった中年男女の機微を描いた小説だ。倦怠（けんたい）感の底に沈殿しているような中年作家とヨーロッパで学究生活にいそしむ女性との異国での短い逢瀬（おうせ）。そこには、性、酒、食、釣りといったこの作家が最も愛したもののエッセンスが小説の小道具としてふんだんにちりばめられている。

たとえば、作中における次の「倦怠」を基調とした精神描写は、どうだろう。武田泰淳の「蝮（まむし）のすゑ」の冒頭に、一脈通じるものがありはしないか。

……どんよりした肉のなかにこもってさまざまなこの十年間の記憶を反芻（はんすう）してみるが、いとわしいけだるさに蔽（おお）われて、苛烈も、歓喜も、手や足を失い、薄明（はくめい）のなかの遠い光景でしかない。それらは温室の蔓草（つるくさ）のようにのびるままのび、鉢からあふれて床へ落ち、自身で茎や枝を持ち

> あげる力もないのにはびこりつづける。私からたちのぼったものは壁を這い、天井をまさぐり、部屋いっぱいになり、内乱状態のように繁茂する。ちぎれちぎれの内白や言葉や観念がちぎれちぎれのままからみあい、もつれあい、葉をひらき、蔓をのばして繁茂する。（四、五頁）

『夏の闇』に登場する女性は、きわめて魅力的である。知的で美しく、かつエネルギッシュ。この女性のモデルは、早大露文科卒の佐々木千世さんという方らしい。彼女には、『ようこそ！ヤポンカ（にっぽんむすめ）』（一九六二年）という一日一ドル五万キロの世界旅行を記した著書があり、その出版の前年に小田実の『何でも見てやろう』が大ベストセラーになっていたので、彼女は「おんな版小田実」と呼ばれたとか。

　開高には「闇三部作」という長編のシリーズがあって、『夏の闇』はその二作目である。第一作目は、ベトナム戦争への自らの従軍体験を踏まえた『輝ける闇』（新潮社、一九六八年）で、戦場という現場にいた者のみが書ける衝迫力に満ちた傑作だ。この小説にも素娥という名の魅力的なベトナム人女性が登場する。ハイデッガーの著作の一節を借用してタイトルとしたと言われるこの小説に比べて、晩年の『花終わる闇』（新潮社、一九九〇年）の影は薄い。読後の無残な印象が残るのみで、何が書いてあったかもにわかに思い出せないほどだ。ただ冒頭の一行「漂えど、沈まず」というフレーズだけは覚えている。

　さて、高橋和巳の項で高橋の論理的な文章は抜群である、というようなことを書いたが、その伝で行けば、「開高健のエッセイやルポルタージュは抜群である」と言うことができる。この作家も小説、ルポルタージュ、コピー、エッセイと多方面に活躍した人物だが、私見によれば、その本領は小説ではなくエッセイやルポルタージュにあり、それはまさに至芸と呼べるものだった。

たとえば、中野好夫訳『チャップリン自伝』（新潮社、一九六四年）を評したエッセイがある。そのなかで開高はその稀代の喜劇俳優にして映画監督を次のように描写している。

> 天才。ユダヤ人。女たらし。ケチンボ。偽善者。冷血漢。コミュニスト。センチメンタル・ヒューマニスト。売国奴。アナキスト。一人の友人も作れない男。彼はそのときどきでさまざまな呼ばれかたをした。うやうやしく賞讃されたかと思うとおごそかに糾弾され、ひややかに罵られたかと思うと熱烈な拍手で迎えられた。けれど、いつでも彼は不死身の知力をふるって灰のなかからたちあがり、芸で全世界をとらえ、ひきこんだ。〝チャップリン〟は乞食から国王までがおなじ微笑でつぶやく名となった。一個人の名が或る普遍的なものの代名詞となるところまで彼は達した。（「『チャップリン自伝』（一）」）

私が言う開高のエッセイのうまさとは、こういううまさのことである。名詞の「羅列」は言うに及ばず、毀誉褒貶を「対句」的に表現したり、「乞食から国王までがおなじ微笑でつぶやく名」

という「迂言法（ペリフラシス）」を用いるなど、文章が非常にレトリカルである。つまり、文章技術において相当なテクニシャンなのだ。

では、ここで問題、次のルポに描かれている人物は、一体誰でしょうか。

小さな顔である。いたるところに老齢と激労（げきろう）の荒いヤスリの跡があった。赤ちゃけた皮膚はただれたようになっているし、眼のしたやのどのあたりには肉の袋がいくつもたるんでいる。（中略）指は子供のように短く、爪に垢（あか）がいっぱいつまって、インキで汚れるままである。たれた下くちびるがツバにぬれ、色がわるくてひび割れている。この、いたましい、赤ちゃけた皺と崩壊（ほうかい）の靄（もや）といった全体のなかで、ただものすごいヤブニラミの眼だけがいきいきしていた。濃い地中海青の瞳は透明に澄んで、キラキラ輝き、活潑（かっぱつ）によくうごいた。敏捷（びんしょう）で、精悍（せいかん）であり、笑うとときには無邪気と言ってもよいほどの優しい魅力があらわれた。

正解は、フランスの実存主義哲学者で作家のJ・P・サルトルである。右の文章の出典は「サルトルとの四〇分」というエッセイだが、一読してわかるのは開高の語彙（ごい）の豊富さである。平仮名表記が多いのは、文章が漢字だらけになるのを嫌ってのことだろう。そうすることによって、逆に「激労」「活潑」「敏捷」「精悍」といった漢語が活きる。時には「崩壊の靄」などという造語らしき難解な言葉が出て来て、ハッとさせられる。そのような言葉遣いは読者の意表をつき、効果的だ。ワインのソムリエは自らのボキャブラリーを駆使して、酸味がどうの、鉱物的な味わいだの、タンニンがどうのと、時には人の性質にまでたとえてワインの味を多彩に表現するものだが、右の描写は少しそれと似ている。

軽妙洒脱にして融通無碍。（別に四字熟語にこだわるわけではないが）これが開高のエッセイの特徴である。エッセイには箴言や警句、名著の書名やその一節など含蓄がある言葉がちりばめられ、ちょっと豪勢な感じがするものもあれば、機智に富んだ小話のようなものもある。折々見かける通ぶった表現や押しつけがましい表現にはいささか鼻白むが、まあそれも愛嬌だと思えば、大した瑕疵ではない。

ルポルタージュはややそれと趣を異にし、ベトナム戦争とかアウシュビッツ収容所などの対象によってはシリアスなトーンで記されている。いずれのルポも徹底的な取材に裏打ちされており、目配りや政治的なバランス感覚の良さが感じられる。このあたりが開高のルポの特徴と言えようか。エッセイとルポが混交して全体に「軽み」を帯びると、『オーパ！』（集英社、一九七八年）に代表される釣りの紀行文となる。

最後に、開高健という作家の文学的資質を示すエッセイを引いておこう。それは先ほどのサルトルの長編『嘔吐』（一九三八年）に関するものだ。この小説は、梶井基次郎の『檸檬』（一九三一年）と並んで、開高青年に相当衝撃を与えたらしく、そのことを開高はくり返し語っている。たとえば「『嘔吐』の周辺」というエッセイでは、「『嘔吐』をはじめて読んだとき、活字が白いページから一個ずつ勃起してくるのを目に見るような気がした。」といい、「サルトルが編む言葉は一つずつ濡れて光っていて、異様に鮮烈な肉感をみなぎらせていた。私は頭からのめりこむよりほかにどんな態度もとれなかった。人はだれでも一つ以上の妄執を抱いて生きているが、私にとってはこの本がそれだった」と告白している。

つまり、サルトルの『嘔吐』は、開高にとって己の本質と深くかかわり合う特別な小説だったのだ。小説から殴られたような衝撃を受けること自体、開高のずば抜けた感受性の鋭さを示しているが、その小説が『嘔吐』である点に彼の文学的資質が如実にあらわれている。次に引くのはそのなかでも最も短い「『嘔吐』の壊滅的な迫力」と題するエッセイの全文である。

ほぼ二十年前、はじめて『嘔吐』を読んだときには文学はここで終ったと思った。それくらい壊滅的な迫力があった。孤独と剥落は精細をきわめ、かつ荒涼をきわめているが、窒息せんばかりの肉感にみたされ、生きるための情熱、聖なる狂気は芽生えるすきもない。一個人の内面におりて凝視する文学はしたたかな止めの一撃をうけた。私は氷結したようになって読みつづけながら、これからの文学はどうなるのだろうといぶかっていた。

Ⅱ　夢まんだら（掌編小説集）

序

現実の世界は「意識」の領域であり、夢の世界は「無意識」の領域である。「意識」の領域が海面に浮かぶ氷山の一角だとすれば、「無意識」の領域は海面下に沈むその何倍もの巨大な氷塊（ひょうかい）に相当するだろう。夢と現（うつつ）はどちらもリアルだが、それぞれのリアリティの性質が異なるようだ。夢には往々にして脈絡（みゃくらく）がなく、理性よりも感情の方が支配的である。主な感情としては、期待、不安、焦燥（しょうそう）、困惑などである。また夢の中には現実の「祖型」もしくは「元型」とも呼べる原風景があるようにも思われる。夢にある種の「懐かしさ」を覚えるのは、そのためだ。トラウマのような夢もあれば、甘美（かんび）な夢もある。幾度（いくど）となく、同じ人物が登場し、同じ場所が舞台となり、同じ感情に襲われる――そんな夢もある。以下は、私自身が実際に見た夢を折にふれて古風な「夢見（ゆめみ）の文体」で表現したものである。

首

シャンゼリゼ通りか如何（どう）か判（わか）らないが、多分巴里（パリ）のカフエが居竝（いなら）ぶ大通りを、其（そ）の男は向ふからやつて來た。痩せぎすの其の男は、三十代前半に見えた。男の持ち物でとりわけ異様（いやう）だつたのは、其の浅黒（あさぐろ）い顔でも蓬髪（ほうはつ）でも長い手足でも洒落（しゃれ）た服やズボンでも磨かれた靴でもなく、其の右手に引つ提（さ）げた人の生首（なまくび）だつた。ぶら下がつてゐる首は、紛（まぎ）れもなくダリの其れだつた。目を瞠つたダリの顔には、あの特徴的な口髭がピンと立つてゐた。其れを見た通行人の誰かが其の男に向つて首の事を訊ねたらしく、男は立ち止まつて得意氣に「ウイ」と答へた。その笑ひ顔を見て、私は男の冷たい狂氣に觸れた氣がした。（嗚呼、此れは猟奇殺人だ、直ぐに警察に知らせねばならぬ）と私は焦つた。男は生首を鞄のやうに提げた儘、其の場を足早に立ち去つて行つた。私は他の通行人達と共に男の後姿を見送り乍ら、（早く警察に通報せねば）と思ひ續けた。

近道

子供が家迄の近道をすると云ふので、私も附いて行つた。「おいおい此處は他所様の御宅ぢやないか」と云ふ間もなく、子供はとことこと人家の中へと入つて行つた。家の中は薄暗く、子供は私の一間位先を振り向きもせずすたすたと歩いて行く。子供を見失ふまいと私も必死で附いて行つた。暫く行くと、何だか妙に狭い、ブロック塀の上のやうな細道を、子供は猫のやうに歩き出した。「こりや足でも滑らせたら大變だ、用心しろよ」と私が云ふのも聞かず、子供はどんどん先へ先へと進んで行つた。ひよいと足下を覗き込むと、狭い細道の下は、千仞の谷のやうに深く暗く、眩暈がしさうだつた。（こりや落ちたら一溜りもないな）と私は思つた。親の方は足が竦んでゐると云ふのに子供は一向に構はずずんずん前へと進んで行く。私も遅れてはならじと懸命に子供の後を追つた。何の位平均臺の上のやうな細道を歩いたらう、私は漸くにして其の家の臺所へ出た。臺所の窗の外は、如何やら私の家の前らしかつた。子供が難なく擦り抜けた窗を、大人の私は苦労して這ひ出した。私は溝を見下ろしつつ、段差のある通りの縁に手を掛け、「えいっ」とばかりに表の通りへと這ひ上がつた。さうしたら自分の家の庭が見え、子供が縁側にゐる細君に何やら報告してゐるのが見えた。

アフリカの緑

其の時私は凧のやうな物を持つてゐた氣がする。其處は青々とした田圃の畦道だつた。凧揚げをしてゐたにしては其の邊りに廣場とか野原は無かつた。其の代り以前箱根で見たやうな丘の上から打ち下ろすゴルフの打ちつ放しの練習場のやうな處が、此の近くの道路脇にあつた氣がする。田圃は棚田になつてゐて、私は畦道を通つて上へ上へと向つて行つた。だいぶ伸びて來た稲の緑が眩しかつた。上り詰めて一番上の田圃を回り込むやうにして反対側の下りの山道に入つた時、風景が一變した。長いふさふさとした葉の植物が、道と云はず斜面と云はず何處も彼處もびつしりと物凄い狀態で群生してゐた。色も鮮やかなら、量感にも溢れてゐた。何だか私は自分が棒杭のやうに緑の川の中に立つてゐる氣がした。ははあ、此れはアフリカの草だな、と私は一人合点した。「こんなに生茂つていちや何處が道だかさつぱり判りやしない」とごちながら私は道なき道を歩き始めた。まるで新雪の上を歩くやうなふわふわした感觸だつた。私は風に戰ぐ豊かな緑の中を下つて行つた。途中に粗末な掘立小屋が見えた。私は不圖その屋根に上つてみたい衝動に驅られ、本當に上つて仕舞つた。屋根の上から見晴るかすと青々としたアフリカの緑がずつと麓の方迄續いてゐた。

太母

先刻からヒグマが家の周りを彷徨いてゐた。ブラインドのある分厚い窗硝子越しに焦茶色のヒグマの姿が見えた。音は全く聞こえなかつたが、耳を澄ますとふつふつと熊の荒い鼻息が聞こえて來さうだつた。私はヒグマが例えば牛などを薙ぎ倒す時、その鉤爪が何センチもにゆつと伸びるといふ話や接近すると強烈な体臭が匂ふといつた話を憶ひ出した。（あんな奴に毆られたら一溜りも無かろう）と私は思つた。ちやんと戸締りした筈なのに、ヒグマは何時の間にか家の中に入つて來た。私は隠れんぼでもするやうに観音開きの簞笥の中に隠れた。部屋から部屋へとヒグマがみしみしと歩く音がした。幻聽ではなく、今やはつきりとその鼻息が聞こえた。ヒグマは私の匂ひを嗅ぎ附けたらしく、簞笥の邊を頻りと嗅ぎ回つてゐるやうだつた。私は生きた心地がしなかつた。（早く向ふへ行つて呉れ。早く向ふへ行つて呉れ）と只管私は念じた。その甲斐あつてか、熊の鼻息は次第に遠のいて行つた。私は簞笥の中から出やうか如何しやうか迷つた。迷つた擧句、私は出る事に決めた。此儘では軈て嗅ぎ當てられて引き摺り出され、熊掌の餌食になるのが目に見えてゐたからだ。私はしずしずと扉を開け、表へと出た。幸い其處にヒグマの姿は無かつた。私はそろそろと玄關に向つて行つた。……

気が附くと、私は梨の果樹園へと續く山道を駈け上つてゐた。追ひ着かれるやも知れぬと云ふ不安が絶えずあつた。下り道なら熊は上手く走れないから安心なのに、と思ひ乍ら、私は息を切らせて走り續けた。暫くすると、下手からあのヒグマが追ひ掛けて來る氣配がした。振り向くと、茶色い點が遙か後方の道の眞ん中にぽつんと見えた。私は全速力で駈け、果樹園の邊りで又後ろを振返つてみた。すると驚いた事に、あのヒグマが怪獸のやうに巨大化して行くのが見えた。其の頭は道を挾んでゐた杉林を突き破り、其の咆哮は轟音となつて私の耳をつんざいた。

紅葉

私は社内旅行で、紅葉の美しい行樂地に來た。遠足か修學旅行の生徒のやうに、私達社員はぞろぞろと廣い庭園の中を散策してゐた。そんな折、私は其處で思ひがけず彼女と再會した。彼女は一人で來たやうだつた。私は一寸狼狽したが、二、三言葉を交はす中に次第に落着いて來た。だうやら相手も同じらしかつた。私は同僚の眼を憚り、列を離れて彼女と共に近くの茶店に入つた。私達は奧の座敷に上がつて向ひ合せに坐つた。座敷には緋毛氈が敷かれてゐた。隨分と久しぶりだから積る話が有りさうなものだつたが、挨拶めいた話をすると、もう話す事が無くなつて了つた。所在なく私は窗の外の紅葉を見た。赤い葉が音もなくひらひらと舞ひ落ちてゐた。私は落葉によつて深い靜謐を感じた。私は見た儘の紅葉を話題にした。一寸會話が續き、直ぐに又話す事が無くなつた。(別れるまでに何としてでも次の約束を取り付けねばならぬ)と私は思つた。言へるものなら、「今でも君がしよつ中夢の中に出て來るのだ」と言ひたかつた。「そして見終わると何時も一寸悲しい氣持ちになるのだ」とも。……はらはらと散る紅葉を見乍ら、そんな事を考へてゐると、其の茶店に大勢の人がどやどやと入つて來た。閑散としてゐた店が、急に賑やかになつた。其の團體客は、私の同僚達だつた。私は如何したら彼等の好奇の眼から逃れられるかを必死に考へた。頭は目まぐるしく回転したが、一向に名案は浮かばず、その中に私は同僚の誰彼と眼が合つて了つた。其奴は一瞬好奇の眼を瞠り、直ぐにニタニタと笑ひ出した。そしてあらう事か、此方にどんどん近づいて來るではないか。（來るな來るな）と念じつつ、私はそつぽを向いた。

ゴジラ

ゴジラが出ると云ふので、私は驛前の廣場で野次馬となつてゴジラの出現を今や遅しと待つてゐた。然し待てど暮せどゴジラが現れる氣配は無く、群衆の中には雑談に興じる者や欠伸する者、到頭痺れを切らせて家路に着く者さへ出だした。私も退屈さの余り、幾つもの他人の胡麻塩頭や禿げ頭を眺めながら、子供の時分田舎で見たゴジラの事を憶ひ出すともなく憶ひ出してゐた。……或る夏の夕べの事だつた。一天俄かに掻き曇り、邊りが急に暗くなつたかと思ふと、夕立が降り出した。私は一人縁側に坐つてゐた。黒い山を見ると、山の端だけが縁取りしたやうに妙に明るかつた。突然、稲妻が走り、雷鳴が轟いた。不圖仰ぎ見ると、薄闇の中に眞つ黒な怪獣が立つてゐた。その眼は血走り、赤い酸漿のやうに爛々と燃えてゐた。又、雷が鳴つた。否、ゴジラが闇に吠えたのだつた。ゴジラは今にも動き出しさうな氣配だつた。（あの化け物が暴れたらこんな小つぽけな村なんか一溜りも無いな）と私は思つた。ゴジラは今にも動くと見せかけて、すーつと闇の中へ消えて行つた。すると雨足は衰へ、邊りは徐々に明るくなつた。……

　あの時の現はれ方からすると、今度も又ゴジラは忽然と現はれるに相違なかつた。軈て何の前觸れもなく、突然ゴジラはやつて來た。何處からか瞬間移動して來たゴジラは、高速で機を織るやうに頭から見る見る中にその巨體を顯はし、氣が付くと驛前の廣場にすつくと立つてゐた。ゴジラの聲が大音響となつて四方に轟いた。其の聲を聞くと、群衆は俄かに動揺し出した。怪獣が最初の一歩を踏み出すと、地面が大地震のやうに搖れた。急に私は怖くなつた。逃げ惑ふ群衆に混じつて、私も走り出した。取敢へず近くの民家に駈け込むと、其處には何人も先客があつた。家の中でじつとしてゐると、急にバーンと大きな音がし、見上げると天井が無くなり、ぽつかり蒼穹が見えた。蒼穹だけでなく、ゴジラの黑々とした巨體も見えた。私は急いで柱の蔭に隠れた。ゴジラの赤い眼には、アリのやうな人間がよく見えるらしく、ひよいひよいと器用に抓み上げては、真つ赤な口へと放り込んで行つた。私の周りにゐる者は、一人二人とゴジラの餌食となつた。私は生きた心地がしなかつた。怪獣が此れ程怖い物だとは思つても見なかつた。（ゴジラなんか見に來るんじやなかつた）と私は後悔した。急に私の周りが陰つた。續いて物凄い風圧を感じ、私は反射的に身を屈めた。

久松山

最初のうち、貴兄と私は貴兄の御部屋（廣くて薄暗い和室のやうでした）で、例によつて暫く文學談義をしてゐたのですが、途中で私は尿意を催して厠を借りたのでした。御手洗から歸つて來る時、木の根つ子の芯を磨き立てたやうな代物が幾つか目に止まつたので、戻るなり早速貴兄に「Oさんは木の根つ子を飾る趣味もあるんですか。隣の部屋で小ぶりの物を幾つか見掛けましたが」と言ふと、貴兄曰く「ほう、あれを御覧になりましたか。まあ趣味と云ふ程の物じやないんだが、素朴な深みがあつて中々乙なもんです」。此の時、私は自分の過ちに漸く気付きました。貴兄だと許り思つてゐたのは實は洋畫家の貴兄の御祖父さんで、よく見るとまだ蒲団が敷いてあり、曾孫さんらしい小さな寝間着姿が二つちよこんと御祖父さんの隣にあるではありませんか。私は御祖父さんに人違ひの非礼を詫びて其の場を退散し、貴兄の部屋を探し當てて戻り、事の顚末を報告して大笑ひとなりました。すると其處へ、先刻の御祖父さんがいらして、何やら藝術談義と云ふか、御祖父さんによる美術の講釋が始まりました。滔々と辯じる御祖父さんの御顔は、若き日の蓬髪の横光利一のやうにも見え、人は何事かを熱中して語る時は随分と若返るもんだなあ、と妙に感心して居りました。其の時、何の脈絡もなく、先程厠の窓から見た台形型の久松山の、妙に鋭角的で圧倒的な稜線が、まざまざと想ひ出されました。

宇宙人

縁側から遠方の山に眼を遣ると、其處には幾つかの赤や青に光る物が尾を引き乍らぐるぐると回轉してゐた。夜明け前らしく、邊りはまだ薄暗かつた。私は其れ等が円盤であると直感し、誰かに知らせやうと、家人の姿を探した。家の中を歩き回つてゐると、開け放たれた玄關戸から、向ふの空地に円盤らしき物體が着陸してゐるのが見えた。

臺所に母がゐたので、私は急いで「母さん、一寸來て呉れ。円盤だ」と呼んだ。母は半信半疑の様子で前掛けで手を拭き拭き、何やらぶつぶつ云ひ乍ら私に附いて來た。縁の硝子戸を開けると、隣家の屋根越しに先刻の円盤が見えた。円盤には幾つも窗があつて、てんでに赤や青や橙色の光を放つてゐた。母は暫く呆然としてゐたが、不圖「何だか小さいもんが居るみたいだなあ」と呟いた。云はれてみると、確かに其の通りで円盤が着陸してゐる空地に何やら小さな生物がゐた。眼を凝らして見ると、猿のやうな小人が忙しさうにうろうろしてゐるのだつた。私は怖いのも忘れ、発作的に彼等に向かつて「おおい」と叫んだ。すると、驚いた事に彼等の方でも手を振つて私に合図を寄越した。

そして、私は円盤と宇宙人を父にも見せやうと、父の姿を探した。父は書齋兼應接間にゐた。和服姿の父を呼んで來て彼等の方を指差すと、日頃は余り物事に動じない父も此の時許りは流石に驚いたらしく、妙に感心した口調で「ありあ。ほんに宇宙人だわい」と云つた。父の顔を覗き込むと、口をへの字にした小山内薫のやうな顔が其處にあつた。

歸省

友人のSが歸省すると云ふので、暇な私も附いて行く事にした。Sの郷里には雪が積もつてゐた。Sは道路を渡つて錢湯のやうな大きな建物にすたすたと入つて行つた。後を追うと、Sは稲荷神社のやうな處でパンパンと柏手を打つてゐた。實家に戻ると、其の社の前でさうする習ひのやうだつた。私も眞似てパンパンとやつてみた。そして足下の雪を掬つて顔を洗つてみた。粉雪はさらさらとして火照つた頬に心地好かつた。

Sは先ず外の炊事場らしい處にゐる御母さんに挨拶してゐた。私も後から附いて行つて、ペコリと頭を下げた。御母さんは微笑み乍ら何だか一寸当惑したやうな素振りを見せた。其處の硝子窓から家の中が覗けて見えた。居間の中には、Sの御父さんと妹の背中と弟の姿が見えた。御母さんが居間にゐる家族を呼びに行つてゐる間に、Sは家の中を案内して呉れた。Sの家の造りは隨分と奇妙なものだつた。天井は無く、棟木や垂木が剝き出しになつてゐて、クリーム色の屋根裏がよく見えた。それは古民家の屋根裏にも似てゐた。

Sの家族全員と對面した。短髪にしたSの妹が私の正面にゐた。彼女は私の戀人だつた。御父さんが家族を順番に紹介したので、今度は私が自己紹介する番だつた。私は簡單に自己紹介した。Sの妹の笑顔が一寸引き攣つたやうに見えた。私は窗越しに外の綠を見た。地面の白い雪に何かの針葉樹の緑が鮮やかに映えてゐた。情況の意味に注意せねばならん、と私は自分に言ひ聞かせた。御父さんが、娘から話は聞いてゐる、と云ふやうな事を話した。さあ、早速お出でなすつた、と思つたものの、「はあ」と間抜けな返事しか出來なかつた。そして猶もチラチラ外の緑を見續けた。

動物

村外れの山路のカーブに差し掛かると、其處には決まつて雄ライオンがゐて、勢い良く飛び出して來るのだつた。ライオンを見つけるや否や、私は一目散に走つて家の方角へと逃げる。するとライオンは追ひ掛ける。さうして家の玄關までライオンと追ひ駈けつ子をするのだ。幸い一度もライオンに追ひ附かれた事は無い。玄關に飛び込むや、私は中から鍵を掛け、ライオンが諦めて退散するのを息を潜めて凝つと待つと云ふ寸法だ。

ライオンに逢はない日は、山路をずんずん登つて梨の果樹園の前へと差し掛かる。すると、扇状地の果樹園の何處かに、褐色の點が見える事がある。其れはヒグマだ。ヒグマはライオンより怖い。ヒグマを發見したら、俄然横つ飛びに山路を逸れ、杉林の斜面を驅け降りる。ヒグマは斜面を驅け降りるのが苦手だからだ。さうしてヒグマがやつて來られない遙か下手の田圃の方へと逃げる。ヒグマを見つけたら、大体さうした。

果樹園を無事通り抜けると、うるうると盛り上がつた緑の山を右手に見つつ、切り通しの曲がり道を経て、一番奥の岩神村へと辿り着く。岩神村の入口には孟宗竹の大きな竹林があつて、其處には大抵トラがゐた。トラは姿を見せる丈で決して追ひ掛けて來る氣遣ひは無かつた。竹林にトラとは隨分と御誂へ向きの光景だな、と何時も私は思つた。

浮遊

街をぶらぶら散歩してゐたら、不圖空を飛べるやうな氣がしたので、一寸飛んでみる事にした。丁度プールの中に立つた狀態から平泳ぎを始めるやうにして、私は恐る恐る空中に身を投げ出してみた。すると驚いた事に腰程の高さで軀が宙に浮き、手足を動かすと少しずつ前に進んで行くやうだつた。歩いた方が斷然速いのに、飛ぶのが面白くて、私は暫くじたばたして泳いでゐた。其の内に私は妙な事を思い附いた。此のふわふわした狀態の儘、建物の壁を擦り抜けやうと思つたのだ。ホグワーツ特急に乘るハリー・ポッターが九と四分の三番線に行く爲にホームの柱を擦り抜けるやうなものだ。早速私は近くにあつた家の壁で試してみる事にした。頭から壁に突つ込むと、跳ね返されるでもなく、ずるつと其の中に入つた。其の時、私は不思議な體驗をした。壁を擦り抜ける瞬間、外壁、石膏、石綿、木材……と云つた壁の材質を悉く感じる事が出來たのだ。ざらつと通過する一瞬に、材質の違ひが手に取るやうに判るとは！私は面白がつて他所樣の家の中を平泳ぎし乍らのろのろと進んで行つた。

大蛇

蛇に睨まれた蛙と云ふのは此の事で、先刻からアナコンダのやうな大蛇に睨まれて、我々村の餓鬼共は横竝びに一列に竝んだ儘、其處から一歩たりとも動けないのだつた。「達磨さんが転んだ」遊びよろしく、身動きしたらもう一巻の終りだつた。其の内に、あらう事か、隣の貫太が僅かにぐらぐらし出した。（貫太、いけん、動くないや、動いたら喰はれる。我慢せえ、動くな貫太、だらず!……）と私は心の中で念じ、はらはらし乍ら貫太の方を横目で見てゐた。貫太はもう辛抱出來ないのか、目立つてぐらぐらし出した。すると眼の前の大蛇も動く貫太に合はせて鎌首を左右に振り出した。大蛇が照準を合はせた次の瞬間、一擧に蛇は襲ひ掛かり、視界から貫太の姿が忽然と消えた。（貫太が喰はれた!）と思つたら、反射的に軀が動いた。貫太が大蛇に呑み込まれてゐる隙に、餓鬼共は「わー」と叫んで蜘蛛の子を散らすやうに四方八方に逃げ去つた。

軈て大蛇は巨大化し、足が生えてトカゲになつた。何故だか其の黒い巨大なトカゲの軀全體を、私は眞上の空から見下ろしてゐた。黒トカゲの周囲を俯瞰してゐると、逃げ惑ふ人間達はまるでアリの群だつた。人間達は徐々に崖の方へと追い詰められてゐるやうだつた。巨大トカゲは時折カメレオン式に長い舌を素早く出しては、アリのやうな人間を舌にくつつけて食べてゐた。

遁走

私は何者かに追はれてゐた。漆黒の闇夜の事だ。私は雑木林を抜け出し、だだつ廣い田圃を走り始めた。走り乍ら振り返ると、遙か後方の空に橙色の光の點が見えた。（嗚呼、あれは俺を追跡してゐる円盤だな）と私は思つた。（捕まつたら一大事だ。）私は全速力で走つた。闇夜とは云へ、邊りに身を隠す物が無い爲、私は不安だつた。時折振り返つて後方の空を仰ぐと、橙色の円盤はぐんぐんと私に近づいて來てゐた。私は足も折れよと許りに、駈けて駈けて駈け抜いた。

だが、光の點の速度は非常に速く、見る見る中に私に追ひ附いて來た。走りつつ不圖空を仰ぎ見ると、今正に光る円盤が頭上に到達する處だつた。（あつ、危ない！）と思つた途端、私は軀の均衡を崩し、もんどり打つて、勢いよく田圃の泥濘に顔を突つ込んだ。轉んだ儘、恐る恐る顔を上げると、円盤は地面に倒れ伏した私など無視して、高速で前方の空へと遠ざかつて行つた。

轉居

到頭南房總の高臺にある村に引越す事になつた。其の村に行く途中、伊豆天城峠の隧道のやうな處を通つた。村では村人が家々の前で我々を出迎えて呉れた。商工會館に着くと、其處には満面の笑みを浮かべた館長が待つてゐた。黒縁眼鏡の彼は早速我々を中に案内すると、歓迎の言葉を述べた。其の土産物賣り場のやうな一室の片隅には大きなイノシシの剝製があつた。此れは實は私が村人の爲に倒した暴れん坊で、イノシシ退治のおかげで私は一躍英雄になつてゐた。イノシシの剝製を見てゐる私に氣づいて、館長が其の剝製に近づいて行つた。何やら説明するのかと思いきや、館長はいきなりイノシシに變身して私に突進して來た。私は嘗てと同様、颯と身を躱すと、イノシシの牙を摑んで仰向けに引くり返し、ナイフを腹に突き立てる眞似をした。人間に戻つた館長は、「やあ、さうでしたか。さうやつて此奴を退治したんですな。はははは」と陽氣に笑つた。

　或る學者が住んでゐたといふ山腹の新居へと向ひながら、私は其の家が海抜何米位の場所にあるだらうといふ事を氣にしてゐた。此處は海に程近く、地震の際に津波の心配があつたからだ。着いた家に早速家族全員入つてみると、何の変哲もない玄關だの居間だの客間だのが續いてゐた。私達はずんずん奥へと進んで部屋を見て回つた。見ながら氣づいたのは、此の家の一階と二階の境界が判然とせず、棚田のやうな恰好に各部屋が造られてゐる事だつた。私は不圖筒井康隆の「遠い座敷」といふ短篇を思ひ出した。其處には延々と續く座敷を驅け抜ける少年の姿が描かれてゐた。新居の一番下にある部屋は如何やら浴室のやうだつたが、其れにしては浴槽が見當らない。不審に思ひつつ何氣なく壁の釦を押すと、電動式に壁が開いて格納されてゐた浴槽が出て來た。(何だか忍者屋敷みたいなカラクリだな)と私は思つた。窗からは麓の街竝や其の向ふの海が見下ろせた。此處は海抜二百米位だらうと私は見當をつけ、此處までは到底津波も屆くまいと一安心した。

浴室の上の部屋は寝室だつた。學者夫婦のものだつたらしい大きなベッドも、壁一面の本棚の藏書も其の儘にしてあつた。藏書の大半は年代物の洋書だつた。（私への贈り物だらう）と私は勝手に判斷した。カーテンを払ひのけると、ベッドと窗の間の棚は相当廣いのが判つたので、（色々と自分の物も置けそうだ）と私は思つた。寝室を出ると、我々はぞろぞろと上の部屋へと向つて行つた。

彼女

まさか彼女とこんな處で會ほうとは夢にも思はなかつた。其處は都会のマンシヨンの一室だつた。彼女が其處に住んでゐる事に、私は一寸驚いた。如何して彼女の居場所が判つたのか、自分でも不思議だつた。何かを配達してゐて偶然其處に行き當たつたような氣もするし、わざわざ調べて探し當てたやうな氣もする。兎に角、マンシヨンの玄關先で彼女と實に久しぶりに再會したのだつた。晝間だつたが、其の部屋はやや薄暗い感じだつた。彼女と何を話したのか殆ど覚えてゐない。おそらく大した會話はしなかつたに相違ない。彼女は相變はらず若く美しかつたが、伏し目がちの顏が少し悲しさうだつた。籠の中の鳥——私は何だかそんな風情を感じた。

ギザ耳

深夜バスに乘つて座席に坐つてゐたら、耳元で「うつ、うつ」と音がするので、聲の主の方を見ると、黒いジヤンパーを着た三十代位の男が立つて私に何か頻りに話し掛けてゐた。何が云ひたいのかさつぱり要領を得なかつたが、席に坐りたいのだらうと見當を附けて、私は其の男に席を譲つてやつた。男は別段禮を云ふでもなく、默つて席に坐つて何だかそわそわしてゐた。私は立つた儘、其の男の後ろ頭を觀察した。男は長髪を後ろで束ね、髪挾みで無造作に髪を結わえてゐた。其の耳たぶはピアスの穴がさうなつたものか大きく裂けてギザギザになつてゐた。ギザ耳の其の男は隣り合わせた二十代位の若い男に何やら話し掛けてゐたが、相手の男も矢張りギザ耳の云ふことが良く判らないらしく、軈て聞くのを止めてしまつた。男は中腰のやうな恰好で自分の白い布バツクの中身を何やらごそごそ探りだした。男は酒に醉つてゐる風でもなかつたが、明らかに擧動不審だつた。

　ギザ耳は不意に立ち上つて車内を彷徨つきだした。男が席を立つたので、私はまた元通り着席して男の様子を見てゐた。男は前の方に進んで、走行中の車内を行きつ戻りつして他の乗客に倒れ掛かつて床に轉んだりしてゐた。座つてゐた中年のサラリーマンが逃げるやうにギザ耳に席を譲るのが見えた。此方を向いたギザ耳と視線が合つたので、私は慌てて寝た振りをした。暫くすると、男は運転手の後ろで何やらゴソゴソしだした。（あいつ、まさか運転手さんに危害を加える譯じやあるまいな）と私は少し心配し乍ら、男の横向きの姿を注視してゐた。次の停留場でバスが止まつた時、「お客さん、何してるんですか？」と運転手に注意された男はすつとドアに近づき、運賃も拂はずに降りて了つた。バスの窗越しに歩道をふらふら歩くギザ耳の姿が見えた。

夜目

私は作家のK先生に附いて其の御宅に伺つた。着いたのはもう夜更けだつた。先生に案内されて家の奥へと進んで行き、「此の部屋に荷物を置いて、此處で休み給へ」と云はれた。さう云ふと先生は何處かへ行かれたので、私は其の部屋を出て所在なく廊下を渡つて縁側へと行つて見た。縁に佇んで外の様子を窺ふと、闇の奥にぼんやりと景色が浮かんで來た。夜目には、縁の前には庭があつて、その向ふは段差があつて隣家の敷地へと續いてゐるやうに見えた。その景色は私の實家の庭にそつくりだつた。我が家も縁側の直ぐ前は細長い庭になつてゐて、その向ふには隣家の土蔵や柿の木が見えた。右手の奥は石垣になつてゐて、五米位の段差があり、その上に隣家の敷地があつた。（此の庭は私の實家の其れと良く似てゐるなあ）と私は思つた。部屋に引き返す途中で先生に出くわしたので、縁側から見た外の景色の話をすると、「其れが知りたかつたんだ」と先生は笑ひながら仰つた。

翌朝目覚めて部屋から起き出して見ると、驚いた事に隣りの部屋には私の母が居り、如何云ふ譯だか亡くなつた筈の祖父迄が居た。母は一度K先生に御挨拶しやうと祖父と連れ立つて來たのだと云ふやうな話をした。私は早速先生の庭の景色を母に見せやうと縁側に案内した。すると、意外な事に、庭は想像以上にずっと広く、庭の向ふは段差どころかなだらかな下り坂の松林になつてゐた。右手を見ると、其處にあるのは石垣抔ではなく、此れまた廣々としたコンクリート塀で、その前の敷地も随分と廣かつた。私は狐につままれたやうな氣がした。更に、外に出て先生の御宅を振り仰いで驚いた。日本家屋だと許り思つてゐたのは勘違ひで、先生の御宅は鐵筋コンクリートの大きなビルだつた。夜と朝とで此れ程印象が違ふものかと私は呆れた。

南無三

青い空と海を背景に、白つぽい高層ビルの屋上がほぼ水平に見えた。三十階建て位のビルだ。如何やら其の下は海らしい。屋上では先刻から一人の娘が黒つぽいワンピースを着て佇んでゐた。其れは紛れもなく私の娘だつた。私は強度の近眼だが、如何云ふ譯だか其の時は眼鏡無しに其の光景が大そうはつきりと、しかも雙眼鏡を覗いたやうにやけに間近に見えた。私がゐるビルから娘のビル迄の距離は五十米位はあるだらうか。夏の日射しは燦々と降りそそぎ、邊りの空氣は乾燥してゐた。私は動き出した娘の姿を眼で追ひ乍ら、幼い頃の娘の事を想ひ出した。或時、娘はマンションの三階にある我が家のベランダにゐた。私は下から娘を見上げてゐた。娘は私が制止するのも聞かずベランダの柵を攀じ登り、下に飛び降りやうとした。「止めろ！」と叫んだ刹那、娘は笑ひ乍ら両手を広げ、スカイダイブした。私は咄嗟に身構へ、必死の思ひで何とか娘を抱き止めた。上手く受け止められて良かつた。失敗したら元も子も無かつた。……

と云ふやうな想ひ出に浸つてゐると、突然、眼前の娘がビルの屋上から身を投げるのが見えた。私は思はず窓に駈け寄り、其の儘躊躇せず「南無三！」と叫んで窓から身を躍らせた。私は娘を助けたい一心だつた。（今なら間に合ふ！）私は水面までの距離を目測し乍ら落ちて行つた。大學時代、水泳の授業で習つた飛び込みの要領で、入水する瞬間は、拳を握って両腕を伸ばし、棒状の姿勢でほぼ垂直に飛び込もうと思つた……。軈て、凄まじい許りの衝撃が私の両拳と脳天を襲い、私は水中深く沒して行つた。

乗越驛

上りの急行列車は間もなく郷里のC驛に着く。家内はもう自分の荷物を持つてさつさとドアの方へ行つて了つた。荷物を降ろそうと網棚を見ると、荷物は意外と多く、一人では到底持ち切れない程だつた。中には小物がばらばらと鞄の上に置いてあつたりして、仕舞ふのに手間取つた。さうかうする中に列車は驛に到着したが、私は全部の荷物を持ち切れず、かと云つて殘りを放置して降りる譯にも行かず、到頭乗越す事にした。列車が次に止まるのは二驛向ふのN驛だ。其れ迄に荷物を全部持たねばならぬ。私が乗越した事は、家内も直ぐに気付くだらう。さうすれば、車で迎えに來た母と一緒に次に止まるN驛に屹度向ふに相違ない。さう考へ乍ら、両手一杯に荷物を抱へてドアの前に立つてゐた。

N驛のプラットホームに降りると、改札口に母の姿が見えた。母はしやがみ込んで葉巻のやうな煙草を吸つてゐた。挨拶もそこそこに私は改札を出て車に乗つた。其處から家へ向ふ近道は無かつた。私の郷里の村は、走る車の右手に見える山の裏側にあつた。家に辿り着くには山の麓を大きく迂回しなければならない。私は早く家に歸りたかつた。橋を渡り、隣村を抜け、村へと續く坂道を上りはじめた時、突然、見慣れた景色が一變した。驚く勿れ、私が乗つた車は空を飛び、私は空中から故郷の杉林に蔽はれた山を眺めてゐるのだつた。車は杉林をせり上つて尾根を超え、大きく旋回して思いがけぬ角度から村へと——山襞に挟まつたやうな小さな村へと——入つて行つた。眼下に村を見下ろし乍ら、車は低空飛行した。すると、如何云ふ譯だか実家の隣家が大きな羅生門のやうに見えた。

天狗黨

磯が直ぐ其處に在つた。海岸にせり出すやうに作られた其の店からは大洗の海が間近に見えた。白砂青松、なか〳〵風流な眺めだつた。先輩と私は其の店に入つて眞晝間から注しつ注されつ酒を飲み始めた。私は先輩に聞いた。「時にHさんは輪廻転生と云ふものを信じますか」「ああ、信じるね」「僕もさうです。と云ふか、其れは至極當り前のもんだと思ひますね、疑ふべからざる數学の公理・定理みたいな。で、正直に云へば、僕は何だかHさんとは前世からの因縁があるやうな氣がするんです」「ほー」「前世の何處かで屹度御一緒したに相違ない。ひよつとしたら、Hさんは水戸天狗黨だった御先祖のT先生の生れ變はりで、僕はT先生の門人の一人だつたのかも知れません。其れが今生では大學の先輩後輩の間柄になつてゐる」「そんな事があるもんかねえ」と云ひ乍ら、先輩は滿更でもない樣子だつた。と云ふのは、先輩は藤田東湖の弟子であるT先生を頗る尊崇して居り、その俗名たる「虎三郎」を自身の筆名にしてゐる程だつたからだ。

Hさんの御實家の床の間で見たT先生の甲冑が眼に浮かぶ。其れは意外に小ぢんまりとした鎧兜で、體格の大きい我々には到底着られぬ代物だつた。鎧の材料や細工が珍しく、私は直に觸つてみたりした。「Hさん、さつき連れて行つて貰つた弘道館ですが、僕は以前彼處の夢を見ましたよ。未明に大勢人がゐて薄暗がりの中で何だか右往左往してゐるんです。非常にざわつき、何やら切迫した雰囲氣です。『吶喊！吶喊！』と誰かが叫んだやうな氣もする。如何やら敵が攻めて來るらしいのです。或は擧兵の直前か。兎に角、薄暗い建物の中を大勢の若者が眥を決して行つたり來たりしてゐるんだなあ、これが」「へー、そんな事があるもんかねえ」と先輩は先刻と同じ合槌を打つた。眼前には初夏の海がのたり〳〵と寝そべつてゐた。

下宿

久しぶりに都心の學生下宿に戻つてみやうと思ひ立ち、私は出掛ける事にした。何だか多摩川を船で下つて行つたやうな氣もするし、車で青梅街道を抜けて行つたやうな氣もする。何れにせよ氣が附けば下宿は直ぐ其處だつた。驚いた事に、下宿の近邊には（此處が東京か！）と思はれる程の長閑な田園風景が廣がつてゐた。今が明治時代のやうな氣もした。通りに面した生垣を抜けて中に入ると、斜面にそそり立つた三階建てのビルが見えた。それが目指す学生下宿のやうだつた。民家がビルになつたのには驚いたが、大方大家の息子が建て替えたのだらうと私は見當をつけた。だが、さう思つたのは矢張り間違ひで、下宿は其のビルに在つた。（なーんだ）下宿の佇まひは昔と同じで、懐しかつた。

玄關で大家さんに久闊を叙した後で家へと上がらせて頂き、自分が以前に住んでゐた屋根裏部屋を見せて貰う事にした。其の部屋は今は誰も住んでゐないと云ふ。驚いた事に、何十年も留守をしてゐた筈なのに、部屋の様子は以前と殆ど變はらず、今直ぐにでも生活出來さうだつた。本棚を眺めると、昔読んだ私の藏書が竝んでゐたので、此處は確かに私の部屋に相違無かつた。何氣なくワンドアの冷藏庫の扉を開けると、電源が入つて中は冷えて居り、飲み掛けの飲み物や何かが入れてあつた。無人と云つてゐたが、誰か住んでゐるのだらうか。窓を開けて外の景色を眺めると、遠くに副都心の高層ビル群が見えた。昔と同じ眺めだつた。氣が附けばもう夜の帳が下り掛けてゐるらしく、眼前には灯りが点り始めた都會の夜景があつた。隣りのビルの部屋がやけに間近に見え、如何云ふ譯だか隨分と高いビルの上の方から見下ろしてゐるような氣がした。

ベイサン

「もう店を閉める」と文學仲間のTさんが言ふものだから、「一寸待つて下さい。まだ奥に客が二人居ますよ」と私は抗議した。にも拘らず、Tさんはさつさと店仕舞を始め、消燈して了つた。（奥の客は如何したかなあ）と私が案じてゐると、再び室内が明るくなり、何時の間にやら黒い禮装の民族衣装を着た中国人や韓国人の娘たちがズラリと私の目の前に竝んでゐた。妍を競うと云ふか、皆驚く程の美人揃いである。そのうちの一人などは、氣づけば私と腕を組んでゐた。別段悪い氣はしなかつたので、其の儘にして置いた。私は美女達に話しかけようと思ひ、中國語で「皆が着ている物は何ですか？チーパオですか、チョゴリですか？」と尋ねた。すると、私の隣で腕を組んでいる娘が、耳元でそつと「ベイサン」と答えた。私は意味も判らずにやけ顔で「ほー、ベイサン」と鸚鵡返しに云つた。

釣罰

村が何だか騒がしいので、私は伜を連れて屋敷を出て、外の様子を見に行つた。往來には既に村人たちが大勢集まり、人だかりが出來てゐた。私たちは橋を渡つて村外れの道まで來た。すると、向かふから大八車が幾つかやつて來た。大八車には大怪我をしたらしい人がてんでに乗つてゐた。皆村人だつた。私たち野次馬は瀕死の村人を乗せた大八車を追つて、ぞろぞろと歩いた。

其の時、私には判つていた、これが「釣罰」だといふことが。神沼で釣りをし、そこで釣つた魚の數だけ犠牲者が出てゐるのだつた。私は氣が急れてならなかつた。兎に角、水邊が危ないのだ。私は伜を急き立てて橋を渡らせた。

私たちは屋敷に戻ると、一目散にてんでの部屋を目指した。かういふ時は座敷の多い家は却つて不便だ。長い廊下を渡つたり階段を上つたりするのが非道くもどかしかつた。伜を先にして階段を上つてゐる時、部屋の隙間から客人の寝姿が見えた。小さな娘と其の父親だつた。二人とも外の騒ぎを他所に熟睡してゐた。伜は狭い通路を器用にくぐり抜けて高臺にある外の道へと出て行つた。一方、私は通路の出口に太った軀がつつかえてなか〳〵外へと出られなかつた。漸くにして抜け出して不圖見ると、右手には駐車場と道を挾んで祠があり、そこにはのしかかるやうな大岩があった。それは紀州本宮の速玉神社にあるといふ巨岩を想起させた。それを抱え込むやうにして松の木が何本も生えてゐた。伜がどんどん先へと進むものだから、私は聲を掛け「左に曲がつて、先に自室へ戻れ」と云つた。すると、俄か雨が降り出した。伜は素直に左に曲がつて姿を消した。其の時だつた。突然、大きな地震があり、何と祠の上の大岩がぐらぐらと搖れてゐた。其の下の道を丁度二人の婦人が歩いてゐて、驚いたやうに岩を見あげてゐた。岩は今にも落ちかからんばかりに搖れてゐた。

「危ないですよー。早くお逃げなさい！」と云ひたいのに、私は聲が出せず苛立たしかつた。私は身ぶり手ぶりで彼女らに何とか危険を知らせやうとした。

顔無

奇妙なことに、首が取れて了つた。まるでヘルメットでも脱ぐやうな具合に、すつぽりと頭蓋骨が外れて了つたのだ。最初、自分の頭蓋骨を持て餘した私は、いつそのことそれを捨てて了ほうかとも想つたが、「いや待てよ、自分の頭蓋骨を手に取つて眺める機会など滅多にない。どれ、此處は一つ、じつくりと其奴を観察してやるか」と想ひ直し、意外と軽い自らの頭蓋骨の黄ばんだ内側や罅割れの紋様等をしげしげと眺めたりした。そして、顔を無くした今の自分の面相は随分と貧相なものだらう、と想像した。實際には首が無いので「顏」は無く、有るのは只其の殘像だけの筈だつた。其れは何處となくジヤコメツテイの芯だけになつた人間の「顏」を想像させた。私はもう一度其れをヘルメツトのやうに被つてみやうかとも想つたが、止めた。此の儘では道も歩けないので、私は仕方なく其れを小脇に抱え、人目を避けるやうにして裏道を通つて家路を急いだ。

水没

其の時、私は河川敷にある巨大な花崗岩の上に居た。其れはオーストラリアのウルルの様な山と見紛ふ大岩だつた。其處には大量の書物があり、何れでも讀み放題だつた。私は讀書に飽くと、白い花崗岩の斜面を滑り降りたりして、其處からの脱出方法を研究した。

異變を感じたのは午后の事だつた。花崗岩の上で微動を感じたのだ。多分岩石だからだらう、突き上げるやうな搖れが地下から直接に傳はつて來た。私は大地震を豫感した。私は手荷物をまとめ、厖大な數の本は其の儘にして其處を立ち去る事にした。

私は娘の歸宅を待つて一緒に花崗岩の家を立ち去つた。夕暮時だつた。河川敷を見下ろす斜面の道を登つている時、いきなり縱搖れの激震が來た。思はず其の場にしやがみ込んで幾度かの余震を遣り過ごしていると、川下から黑い津波が來るのが見えた。私が居た花崗岩の家も見る見るうちに黒い津波に覆(おお)はれた。役場のやうな近くの建物も水没した。揺れがおさまつたところで、私は娘をうながして更(さら)なる高みへと登り始めた。

III　短篇小説

黎明

人生いかに生きるべきか。それが問題である。復員してこの方、ずっとこのことを考えつづけている。いや、そうではない。もっと前からだ。敗戦を知った瞬間から――いや、思い起こせば、陸士（陸軍士官学校）の予科で学んでいた時分から、私はこの問題を考えつづけて来たのだった。

陸士の予科時代、私はよく神田神保町の古本屋街に行き、歴史書や哲学書を買いあさったものだ。市ヶ谷の生徒寮に持ち帰っては、私はひたすらそれらを耽読した。軍人としての生き方に疑問を覚えはじめたのは、ちょうどその頃だ。漠然とながら、戦争の不条理も感じた。

だが、そんなことは教官はもとより、級友の誰にも話せはしなかった。当然のことだ。われわれは将校として、これから戦争を指揮する立場にあるのだ。その将校生徒が戦争に懐疑的なようでは、部下の兵隊を束ねることができないからだ。将校の迷いは部下へと伝染し、明らかに兵卒たちの戦闘意欲を殺ぐだろう。それはどうしても避けねばならぬことだった。

ついに外地へと出征せず、北海道の函館で敗戦を迎えた私は、米軍による陸軍の武器・弾薬の被接収係としての役目を終えるや、復員してこの山陰の片田舎へと帰郷した。

陸軍少尉。そんな肩書きには、もはや何の意味もなかった。私は敗軍の将の一人だった。敗北感、挫折感、絶望感のかたまりだった。公職追放となり、教員にも役場の職員にもなれなかったので、私は父母とともに家業の農業をするしかなかった。
山襞にはさまったようなこの僻村で、入りくんだ狭い数反の田で米を作りながら、また山の斜面の果樹園で二十世紀梨を作りながら、私は悶々たる日々を過ごした。いったい俺はなぜこんな田舎で百姓仕事をしているのだ、と思わなかった日はない。

当時、私を最も苦しめたのは、地元の人々からの疎外感だった。太宰治は処女作『晩年』のエピグラムとしてヴェルレーヌの「撰ばれてあることの恍惚と不安と二つわれにあり」という言葉を掲げたが、これは陸士に合格した当時の私の心境でもあった。軍国主義の時代、それは海兵（海軍兵学校）合格と並んで一種の偉業でもあったから、私は一躍、郷土の誇り＝「小英雄」となったのだ。

ところが、どうだ。敗戦を迎えて復員した私を待ち構えていたものは、故郷の人びとの白眼視だった。面と向かって言う者こそなかったが、人びとのさげすむような、戦犯を見るような目つきには耐えがたかった。「よくもおめおめと帰って来られたもんだ」「お前たちのせいで、俺たちは今、塗炭の苦しみを味わってるんじゃないか」「一人のうのうと生き残りやがって、死んだ将兵に対して恥ずかしくないのか。お前などは腹切って死ぬ」人びとの目は、てんでにそう言っていた。私はいたたまれなかった。誰にも会いたくなかった。ときおり田野におもむく以外、私は蟄居した。私は一人自室に引きこもり、藁にもすがる思いで書物を耽読した。

郷土の誇りから戦犯へ。天国から地獄へ——このギャップは大きかった。陸士の級友の誰かれが自殺したり発狂したという噂を仄聞したのは、ちょうどその頃だ。戦争を生き延びた級友たちは、私同様、価値観のコペルニクス的転回を経験していたのである。

この時期、暗室に射しこむ一条の光のようにして、私に啓示を与えた言葉がある。たとえばそれはイマヌエル・カントの『実践理性批判』の一節だ。カントは言う。「汝の意志の格率が常に同時に普遍的自己立法の原理として妥当しうるように行為せよ」と。私はカントのこの言葉を次のように理解している。「個人の行動規範が、常に同時に万人の行動規範すなわち道徳としても妥当するように、そのことを心に置いて行為せよ」と。これを敷衍して言えば、こうだ。「世界中の人間にとって最もためになる目標を、各自が自分のなすべきこととして持ち、それに向かって邁進せよ」と。

平たく言えば、これは世のため人のためという社会奉仕の概念を示唆している。しかし、それは従来の国家のため、天皇のために尽くすという滅私奉公型の社会奉仕では断じてない。カントの言葉によって自らの指針は明らかになったが、さて具体的に何を目標にすれば良いのか――不幸なことに、当時の私にはまだそれがわからなかった。私は漠然と旧帝大のK大を受験したいと思っていた。そこで歴史を学ぶのが、さしあたっての私の「目標」だった。

しかし、戦後の煩悶の日々において、私に最も大きな影響を与えたものは濫読した幾多の書物ではなく、実は一人の生身の人間だった。その人物は、当時四十歳前後の菩提寺・龍吟寺の住職である鈴木海冥和尚であった。

ある日、海冥和尚が龍吟寺で政治思想の講座を開くというので、私は夕刻お寺に聴講に行った。正直なところ、さほど期待はしていなかった。むしろ田舎の赤坊主の言説などたかが知れている、という相手を侮る気持ちがあり、そんなことは俺の方がよっぽどよく知っている、という自惚れすらあった。

本堂には顔見知りの若者が数人いた。十人ほど集まったところで、和尚が登場し、講義が始まった。驚いたことに、和尚が講じたのは、バクーニンやクロポトキンの無政府主義だった。アナーキズム。この片田舎で、かつて無政府主義の論客がいただろうか。おそらく皆無に等しかったろう。マルクスやレーニン、あるいは毛沢東くらいなら言及するインテリがいたかも知れない。それがバクーニン、クロポトキンと来たもんだ。正直言って、私は度肝を抜かれた。

それが海冥和尚との思想的な出会いだった。和尚は菩提寺の住職だから、むろん以前から面識はあった。法事の度ごとに陋屋へとお越しいただき、仏壇の前で読経していただいたものだ。読経が終わって直に言葉を交わしたことさえある。話をしながらペタペタと自らの頭を手でたたく癖のある好々爺、笑うと目じりが下がって愛嬌のある顔立ちになる和尚さん――その程度の印象しかなかった。その海冥和尚が一個の思想家として私の眼前に立ち現れてきたのは、このときが初めてだった。

爾来、私は海冥和尚に師事した。月に数回、禅寺の龍吟寺で開かれる歴史や哲学の講座の常連となった。精神修養のため、ときおり坐禅も組んだ。半跏趺座（はんかふざ）、結跏趺坐（けっかふざ）、只管打坐（しかんたざ）というような言葉を覚えたのも、ちょうどその時分だ。和尚の講座で聞き知った歴史書、哲学書、文学書、宗教書は、早速東京に住む陸士時代の友人に頼んで取り寄せ、重たい小包が手元に届くや、開封するのももどかしく包み紙を引き破っては、貪るようにして濫読した。

　和尚の話は、私の知らないことだらけだった。歴史や哲学のことは俺の方がよく知っていると思ったのは大間違いだった。私は自らの無知蒙昧（むちもうまい）や傲岸不遜（ごうがんふそん）に気づかされた。知識だけを比較しても、和尚のそれは私のそれの何倍もあった。博覧強記（はくらんきょうき）。しかも和尚はその該博な知識を使って自分の頭で物事を考え、それを咀嚼（そしゃく）してわれわれ聴講生に話してくれた。到底太刀（たち）打ちできる相手ではなかった。

　あるとき、和尚はこうおっしゃった。

「俺には師匠が二人いる。一人は道元禅師（どうげんぜんじ）、もう一人は王陽明（おうようめい）だ。」と。

　また、あるときはこんなこともおっしゃった。

「俺の好きな文学者は三人いる。一人めは、小説家のドストエフスキー。二人めは、詩人の萩原朔太郎（はぎわらさくたろう）。三人めは、歌人の若山牧水（わかやまぼくすい）だ。」と。

　私は自らの思想的立場をこれほど鮮やかに言ってのけた人物を和尚以外に知らない。また、自らの文学的嗜好（しこう）をこんなに端的に表明した例も寡聞（かぶん）にして知らぬ。

　私は陽明学のことはよくわからぬが、先行する宋代の朱子学に対して明代の陽明学は革新的な学問だと理解している。また大塩平八郎、吉田松陰、西郷隆盛といった歴史上の人物も陽明学派だったように、社会変革の志をつちかう哲学という側面もあるに違いない。後年和尚が禅寺の住職のかたわら農協の理事を兼務したり町会議員に立候補したのも、この社会変革の志の現れだろう。

和尚の話では、中国の陽明学派で剃髪出家して禅坊主のようになった異端の思想家がいたらしいから（確か明末の儒者で李卓吾といった）、仏教左派の禅宗と儒教左派の陽明学はもともと親和性というか、相通ずるものがあったのかも知れない。和尚のアプローチは、その思想家とは逆で、仏教から儒教への接近だった。

文学のことはさらにわからぬが、和尚の先の言葉が引鉄となって例の陸士の友人に頼んで小説、詩集、歌集などを送ってもらい、一人ひとり丹念に読んでみたところ、時代もジャンルも国籍さえ異なるこの三人には、奇妙な共通点があるような気がした。それは「狂熱」とでも呼べばよいか、各人の作品中に時として表れる病的で偏執的な傾向である。だとすれば、和尚自身の精神にも彼らと共通する「狂熱」が内在していた、ということか。

戦後まもなく海冥和尚が著した『山村共同体の研究』を読んだとき、私は和尚の社会的関心が那辺にあるのかを知った。杉の産地として名高いこの町の、最も奥まった場所にある深山幽谷の地の林業を様々な角度から分析・検証した社会科学的なその本は、テーマこそ地味だが、和尚の農政への飽くことなき関心を示していた。そう、和尚の最大関心事は、農業問題だったのだ。それが分かったとき、私は一つの指針を得たような気がした。これから先、私が取り組むべき課題は、この農業問題＝農政ではないか、と直観したのだ。私はすぐにそのことを和尚に告げた。すると、和尚は

「ほー、尾見君もそれに関心を持ったかい。これは哲学のような抽象的な問題ではないぞ。百姓の生き死ににかかわる現実的な社会問題だ。そのことを銘記して、大いにやりたまえ」

とおっしゃった。

私の公職追放が解除されたのは、一九五一年の春のことだ。ＧＨＱのマッカーサー司令官が解任された年である。そのときまでに私は、リベラルな社会主義を標榜（ひょうぼう）する革新政党に入党していた。職業軍人だった頃には考えられなかったことだが、私は海冥和尚の政治思想の影響を受けて、保守から革新への「転向」を遂げていたのだ。当時の私は、民衆中心のリベラルな社会主義が理想的な政治形態だと考えていた。私生活では小学校教員の松子と結婚し、すでに長男・直人（なおと）を授かっていた。

結局、Ｋ大学の文学部は受験しなかった。農業問題に興味を持ってから、Ｔ大農学部の受験も考えたが、それもやめた。言い訳にすぎないかも知れないが、入党や結婚によって生活が一変し、とても受験勉強どころではなかったのだ。

海冥和尚以外に、戦後の自分に立ち直るキッカケを与えてくれた人物といえば、それはやは

り妻の松子になるだろう。松子とは町の青年会の集会で知り合った。松子は小学校の教員をしている知的な女性だった。容姿も悪くはなく、むしろ美人の部類と言えた。私は元来頭のいい女性が好きだったから、教養があり落ち着いた雰囲気の松子に、私は心惹(こころひ)かれた。松子は出会う前から私のことを知っており、彼女も実際の私に好感を持ってくれた様子だった。私たちは逢瀬(おうせ)を重ね、やがて婚約した。学生時代から禁欲的(ストイック)な生活をしてきた私にとって、若い異性との交渉はすべてが新鮮で、かつ刺戟(しげき)的だった。

佐藤松子の実家は私と同じ町内の上町(かんまち)にあり、彼女の父は龍吟寺を普請(ふしん)した大工の棟梁(とうりょう)だった。したがって、彼女の実家は龍吟寺の檀家のなかでも比較的格づけが高かった。だから、佐藤家の墓は龍吟寺の境内(けいだい)にある。私と松子は晦冥和尚夫妻に媒酌人となってもらい、結婚式を挙げた。

内閣の復員局から通知が来て公職追放が解除されるや、私はすぐに町の農協理事に就任した。私の目標である農業問題と本格的に取り組むことにしたのだ。それは理論と実践の両立でもあった。このときも晦冥和尚の口添えがあった。その頃晦冥和尚は、僧職にありながら、農協組合長をも兼務しておられ、私を農協理事に推挙してくださったのだった。農協から「理事　尾見馨(おみかおる)」という名刺をもらったとき、「やっと俺の居場所が見つかった」と感慨にひたったのをよく覚えている。

ちょうどその頃、警察予備隊（今の自衛隊）から応募の誘いが二度あった。私はその度に「ふざけるな」と思った。私は外地に戦争に行って、弾丸の一発も撃っていない。また、戦争という人殺しが好きで陸士に行ったわけでもない。ただ八紘一宇の理想にあこがれて、それが正義であると信じて陸士を目指したのだった。何を今さらまた軍隊に来いというのか。警察予備隊では陸士出身者は優遇するという。行けばすぐさま幹部候補生というわけだ。しかし、私はこの種の反感もあり、すでに革新政党に入党していることもあって、誘いを完全に無視した。「俺は戦争屋ではない。人をバカにするにもほどがある。軍隊に約束された未来など糞くらえだ」と思った。

その時分、私の心をとらえていたことの一つは「青空養鶏」だった。「青空養鶏」とは、ニワトリをケージのなかで飼うのではなく、青空の下で、オスとメスの群れの状態でかれらを放し飼いにすることだ。餌としてただ飼料を与えるだけではなく、ミミズ、虫、野菜なども与える。生餌はニワトリたちが自ら探し出すのが望ましい。つまり、なるべく自然に近い姿で飼育するわけだ。当然、卵は有精卵となる。それを出荷する……。そんな理念に共鳴し、大原にある二十世紀梨の果樹園の一画に鶏舎を建てて、小さな養鶏場をはじめた。卵は出荷するが、鶏糞は果樹園の肥料にした。年老いたニワトリは廃鶏にして、つぶして家族で食べた。その意味で、養鶏場経営は一石二鳥以上の方法だった。

この小さな養鶏場が、私、松子、直人の私たち親子三人にとって、避難所のようになった時期がある。その原因は、嫁・姑の不仲だった。松子はもともと町の娘であり、小学教員でもあったから、当然百姓仕事は不慣れだ。田植え、草取り、稲刈り、梨の袋かけ、消毒、収穫などの農作業は、どれをとっても松子にはつらい仕事だったはずだ。

百姓娘のように働けない松子に対して母の辰がきつく当たりだしたのは、彼女が長男の直人を出産してからのことだ。いつまで経っても農作業に慣れない長男の嫁に母は業を煮やし、しばしばつらく当たった。父の豊雄は松子に対して直接苦言を呈することはなかったが、母の仕打ちを黙認し松子をかばおうとしなかったから、母の同類と言えた。松子の味方は夫の私しかいなかったが、いつでも松子をかばい立てするわけにも行かず、私は心苦しい思いをした。ときには松子に非があり、父母の前で私は松子を責めることがあった。

孤立無援になった松子は、私と二人きりになると、しばしば私の非情をなじり、泣きくずれた。そんなことが積み重なって、私は父母と別居することに決めた。大原の鶏舎を改造した家屋に私、松子、直人の三人で移り住むことにしたのだ。直人はまだ幼く、就学前だった。母家のある尾見村から大原までは山道をのぼって約三百メートル、父母とはつかず離れずの「絶妙の距離」と言えた。

農作業、公務、党の仕事の合間を縫って、私は龍吟寺に月に二度ずつ通った。一度めは海冥和尚の政治思想講座に参加するため、二度めは本堂で座禅を組み胆力を鍛えるためだった。どちらの場合も、その後で雑談した。講座には数人の仲間が来ていたから、座談会か村の寄合のような趣きだった。座禅のときは大抵ひとりだったので、和尚の書斎で向かいあっての対話となった。和尚の話はいつでも面白かった。彼は話題が豊富な上に、語り口がざっくばらんで、親しみやすかった。たとえば、和尚は自らの来歴をこんなふうに語った。

「俺は東京の生まれでね、若い頃はある出版社で編集の仕事をしていた。そんなときだな、たまたまある雑誌で道元禅師の特集を読んだのは。俺は居ても立ってもいられなくなってね。とうとう会社を辞めて東京を飛び出しちゃった。十七歳のときだ。

俺はわずかな所持金を持って、その足で中国の青島（チンタオ）に行った。青島はドイツが作った街だから、ちょっと垢抜けたいい街だったよ。俺はそのとき、雲水のいでたちをして、托鉢（たくはつ）していた。いきなり坊主になったわけだ。異国の空で、行乞行脚（ぎょうこつあんぎゃ）の日々。人の性は善なりや悪なりや、生きる意味とは何ぞや――そんな大岩のような問いを常に胸中に抱いていたよ。俺は今でもそうだが、その頃から求道者（ぐどうしゃ）だった。まあ、身なりは雲水だから、自由律の俳人・種田山頭火（たねださんとうか）みたいなもんだ。鳥取が生んだ自由律の俳人・尾崎放哉（おざきほうさい）にもちょっと似ているね。

一九二八年の済南事変の頃かな、俺は青島から天津、釜山（プサン）まで歩き、釜山から下関までは船に乗って帰国した。その下関から、山陽道、東海道を歩いて東京まで帰った。でも、東京には長居できなかったよ。もうそこには自分の居場所がない感じだったから。また行乞の旅に出たよ。まさしく山頭火だな。『分け入つても分け入つても青い山』『笠（かさ）も漏りだしたか』『鉄鉢の中にも霰（あられ）』『うしろすがたのしぐれてゆくか』だ。

俺の諸国行脚の旅はその後も続いた。北海道、樺太、「満州国」を経て、日本国中いたるところを歩きまわった。その頃は俺も若かった。よく歩いたもんだよ。

そんな放浪の旅の途中で出会ったのが、この寺の先代の住職高田堂禅師だった。俺はこの寺に住み込みで入り、しばらく居候になった。寺の手伝いの合間を見て、堂禅師の蔵書を読みあさった。クロポトキンから円本全集まで、読書三昧の日々だったな。昼夜の別なく読書し、読みすぎて頭が変になると、托鉢に出てなおした。そうやって精神のバランスを取ったんだよ。

二十四歳の夏のことだった。俺は伯耆大山の大休み洞窟で、悟りを開いたんだ。真理は主体的自我の確立にあり、実践あってのち方向あり、方向あって真理は現成されるものであり、知識の探求により、真理は確立されるものではない、と。

俺が正式に曹洞宗の僧侶の資格を得たのは、三十一歳のときだよ。その後、亡くなった堂禅師の法灯をついでこの寺の住職になった。この前後からだな、王陽明先生の『伝習録』と道元禅師の『正法眼蔵』を座右の書とし、二人の先師を師事しだしたのは。」

私は海冥和尚の求道的な生き方に共鳴した。その生き様は、私の復員後の生き様に共通するものだった。善とは何ぞや、悪とは何ぞや。生きる意味とは何か。根源的な問いを抱え、お互いに濫読の日々を送った点が、まず同じだった。

そんな和尚は、時どき寸鉄人を刺すようなことをおっしゃった。私自身が槍玉にあげられた場合、それは坐禅の痛棒よりも私には痛かった。

「尾見君、きみは社会科学的な見方はできるようだが、まだ文学がよくわかってないようだな。もっと小説や詩を読みたまえ。短歌や俳句も読んだ方がいい。」

片目をつむった海冥和尚にさりげなくこう言われたとき、私は返す言葉がなかった。私は哲学青年ではあっても、文学青年ではなかったからだ。私は恥入って、和尚の言葉を傾聴した。

「いいかい、きみが好きな哲学とその文学とは、実は双子の姉妹なんだ。どちらも思考と直観と想像力によって真理への道を歩んでるからな。違うのは、各々の性格くらいのもんだ。姉の『哲学』が少々陰気で理屈っぽいのに対して、妹の『文学』は陽気な楽天家だ。この二人が手に手を取って仲良く歩んでこそ、真理への道は開けるのさ。」

その話に続けてだったか、こんなことも話された。

「小説には風俗が描かれているからね、読んでいると主人公たちと一緒にその時代、その場所を生きたような気持ちになるよ。時代も国境も越えて、リアルに作品世界を体感できる。それが小説のひとつの功徳(くどく)だなあ。」

また、学問をめぐってこんな話もされたこともある。

「歴史、哲学、思想、文学なんてものは、もともと無用の用の学問さ。いうなれば『虚学』だな。実際、それらと無関係に生きている人は多いし、それらはあまり金儲けの道具にはならない。医学、商学、工学、語学などの実学と比べると、その差は歴然としている。でも、まるっきり役に立たないかと言えば、さにあらず。人生の岐路では、むしろ『虚学』の方が生きる指針を与えてくれるものさ。そこに大きな存在価値があると言える。」

あるいはまた、こんなこともおっしゃった。

「漱石は中国人顔負けの漢詩を作ったというが、もしもきみに漢詩文の素養があったら、どうなると思う？ まずは幕末の志士たちと同程度の教養を得たことになる。中国語が話せなくたって、上海に行った高杉晋作(たかすぎしんさく)みたいに漢文で中国人と筆談することもできる。そうすれば、文献を通じて、江戸、安土・桃山、室町・戦国、鎌倉、平安、奈良……とずっと日本史をさかのぼることができる。中国の場合も同様だ。清、元、明(みん)、宋、唐、隋(ずい)……と、いくらでも歴史をさかのぼって、昔日の人を友とすることができるわけだ。中国の古典が血の通った作品としてリアルに読める、ということだな。愉快なことだとは思わないかい？」

またあるときは、教養人と知識人の違いを次のように説明された。

「尾見君、教養は読書によってのみ身につくんだ。人は読書することで教養を身につけ、そうやって一個の教養人は出来上がる。知識人の前提は、教養人だ。教養人でない知識人は存在しない。信念と行動力を兼ねそなえた教養人――それが知識人だ。陽明学で言うところの『知行合一』だな。きみなどはもう教養人と言ってもいいかも知れない。だが、はたして知識人と呼べるかどうか。教養人に自足し一生を好事家(ディレッタント)として生きるよりも、知識人となってその言動によって人びとを先導したまえ。」

さらに、あるとき和尚に「現在の関心事」をたずねると、こうおっしゃった。

「俺は道元禅師を師と仰いでいるから、まずは中国語を学んで――NHKのラジオ講座を毎日聞いて中国語を勉強してるよ――道元禅師の『正法眼蔵』を原文で読むことだな。これがひとつ。もうひとつは、現在『王陽明全集』の邦訳が行われているから、死ぬまでに全書全巻を通読したいと思う。

万象は流転し、万物は循環する。この生死の大道を滞りなからしめるのが人間的実践だ。道元禅師や陽明先生もこの道を歩いた、と言えるだろう。俺も不敏といえども命あるかぎりはこの道を歩みたい。特に、現代の市場社会と使い捨て文明とが人間や生き物を危機に追い込んでいるからな、核兵器や原発など自然を死一辺倒の世界へと追いやる危険と戦いたい、と思っている。」

『正法眼蔵』や『王陽明全集』を読むというのは、和尚の個人的関心である。したがって、私はこれを猿真似しようとは思わない。しかし、後半は別だ。和尚は抽象的な言い方をしたが、要するに現代が消費資本主義社会であること、また現代が大量の核兵器や原発を有する核時代であること、それらを相手取って死ぬまで戦う、とおっしゃっているのだ。いわば宣戦布告。これは和尚だけの問題ではない。私自身の問題でもある。この精神、態度こそが和尚から継承すべきものに違いない。少なくとも私はそう考えている。

宗教的なるものへの親和性。自らのその性質に気づいたのは、やはり陸士時代のことだ。当時の私は、哲学書や歴史書と併行して、谷口雅春の『生命の実相』や『聖書』などの宗教書も読んでいた。

私には信仰はなく、もともと何教の信者でもない。強いて言えば仏教徒だが、僧職にある晦冥和尚と違って、「敬虔な」という形容が当てはまるほどではない。にもかかわらず、自分のなかに宗教心の発芽は確かに存在していた。それは祖父からの遺伝的資質によるものではないか、というのが私自身の考えだった。

祖父・傳藏は郡会議員などの地方代議士として生きた明治人である。漢籍の素養もあった。若い時分、その祖父は「軍人」になるか「神主」になるか迷い、いずれかを決めるために山籠りをした、と聞いている。神社の宮司の家系でもないのに「神主」になろうとしたという点に、私は祖父の並々ならぬ宗教的関心を読み取る。祖父は結局そのいずれの道も選ばず、地方代議士の道に進むのだが、私はどうやら祖父の宗教的資質を継承しているようだった。

しかし、いったい宗教の何が青年の私を惹きつけたのだろう。今の私には判っている。それは、私が惹かれたのは宗教そのものではなく、そのなかに含まれる真理だった、ということだ。

たとえば、キリスト教の聖書には確かに多くの真理が含まれている。だが、聖書に書かれていることがすべて真理かと言えば、それは違う。真理とは呼べぬ不純物、夾雑物もたぶんに含まれているのだ。私が惹かれたのは、土中の砂金の粒のような真理そのものだった。

これは何も宗教にかぎった話ではない。哲学、文学、歴史学、自然科学、心理学、民俗学……、ありとあらゆる学問もまた同様だ。海冥和尚の言葉を借りれば、全員が「真理への道を歩む兄弟姉妹」ということになるだろう。私の場合、とりわけ哲学と歴史学が真理への入り口となった。

群盲象をなでる、という言葉がある。目の不自由な者たちが、ある者はゾウの鼻にさわって「長く柔らかい管だ」と言い、ある者は耳にさわって「いや、大きな羊皮紙だ」と言い、ある者は胴体にさわって「頑丈な壁だよ」と言い、ある者は足にさわって「太い丸太に違いない」と言い、またある者は尻尾にさわって「先に房がついたヒモのようなものだ」と言う。彼らの発言は、みな当たっており、それぞれに一面の真理を衝いている。しかし、ゾウの全体像が見えていない、という点でも共通している。

これが宗教や学問の現状というものだろう。私は真理の断片ではなく、その全体像が知りたかった。真理の「かたち」を捉えたかったのである。

「尾見君、俺は次の県会議員選挙に出馬しようと思っている。ついては君に参謀になってもらいたいんだが、いいかい?」

海冥和尚に突然こう言われたのは、一九五五年の初春のことだ。

「人びとの暮らしを良くするための実際的手段——それが何だか分かるかい。それは政治さ。農家、商人、会社員、医者、学者、芸術家といったありとあらゆる人間の職業は、すべて何らかの形で社会に貢献しているんだが、人びとの生活を外側から目に見える形で変えようとしたら、政治家になるのが一番だ。最も直接的に、また最も効果的に人びとの暮らしを改善できるからね。

俺はそう考えて、県議選に出馬することにしたよ。」

和尚はそんなふうに地方代議士を目指す抱負を語った。断るまでもなく、私は政治の世界は右も左も分からない門外漢だ。そんな私に「参謀」が務まるだろうか。そう考えて、最初、私は逡巡(しゅんじゅん)した。しかし、和尚の熱意にほだされ、未知の世界への好奇心も手伝って、結局私はそれを引き受けることにした。

やると決めたからには、行動は迅速を要す。遅疑(ちぎ)するのは、愚の骨頂だ。私はまず選挙運動経験のある先輩党員にやり方を指南してもらった。次に選挙運動員を確保した。運動員の大半は、龍吟寺の政治思想講座の塾生が担った。彼らは私同様みな若くかつ選挙は未経験だったが、師事する和尚を当選させようという意気込みだけは盛んだった。さらに選対本部をおく家屋の手配もした。まさか寺の本堂を選対事務所にするわけにも行かないので、上町(かんまち)の通りに面した家屋を借り、事務所を開くことにした。

この八上町(やがみ)は古くから保守の地盤だったが、和尚はどの政党の支持も受けず、無所属で立候補した。県議選が告示されると、私は忙殺された。参謀として後方でどんと構えていれば良さそうなものだが、実際にはじっとしていられず選対事務所での支持者の接待、組織票固め、郡内各地の遊説(ゆうぜい)と東奔西走した。今から思えば、自分ひとりで何もかもしようとせず、任せられる仕事は他の運動員に任せるべきだった、と思う。若気の至り、といえばそれまでだが。

選挙期間中、私の頭にあったのは、旧陸軍の『統帥綱領(とうすい)』及び『作戦要務令』だった。「兵法」

と言えば、古代中国の思想家・兵法家である孫武の『孫子』やクラウゼヴィッツの『戦争論』が有名だが、陸士で学んだ私にはこれらが一番しっくり来た。

『統帥綱領』は一九二八年に完成した門外不出の兵法書で、日本軍の特性および実戦における統帥（軍隊を指揮すること）の方法が書き記されたものである。一方『作戦要務令』は一九三八年に日本陸軍全軍に公布された戦術学の教令集である。

『統帥綱領』と『作戦要務令』の要諦は、次の三つに集約される。

1「指揮官は（中略）高邁なる徳性を備え、部下と苦楽を倶にし、率先躬行、軍隊の儀表としてその尊信を受け、剣電弾雨の間に立ち、勇猛沈着、部下をして仰ぎて富嶽の重きを感ぜしめざるべからず」（『作戦要務令』）

「指揮官たる者、（中略）気高く優れた精神を持ちながらも、部下への思いやりを忘れず、皆の手本として尊敬を集め、どんな困難にも率先して立ち向かい、部下に対しては富士山のような崇高さと威厳を感じさせなければならない」

2「将たる者、方向を指示し、兵站す」（『統帥綱領』）

「指揮官は方向性を明確に部下に示し、作戦軍の後方にあって、車両・軍需品の前送・補給・修理、後方連絡線の確保につとめる」

3「戦勝の要は、有形無形の各種戦闘要素を総合して、敵に優る威力を要点に集中発揮せしむるにあり」（『作戦要務令』）
「自軍の力を最大限に発揮できる一点に戦力を集中させることが、戦いを制するために大切なことなのだ」

これらは、私にとって「座右の銘」としている「三つの教え」でもあった。

1はリーダーの在るべき姿を表わしたものだ。これは当時の日本軍にかぎった話ではない。選挙運動にも応用でき、おそらくは会社経営にも通用するに違いない。最後の「部下をして仰ぎて富嶽の重きを感ぜしめ」云々(うんぬん)とまで行ったかどうかは心もとないが、少なくともその前半は実行できた、と思っている。

2の場合、われわれにとってのゴールは「当選」であり、それに向けて運動員全員のベクトルを合わせるのが私の役割だった。私は何もかも運動員に指示するのではなく、目標の達成手段を彼ら自身に考えさせ、それを実行させるようにした。彼らはもともと塾生として私と対等であったので、私が必要以上に彼らに指示すると彼らの反発を招くと考えたのである。加えて、戦いに臨むうえで必要な物資や情報の出入り口を確保することが重要であった。選挙資金を確保するため、このとき和尚は相当の私財をなげうった。

3は、「一点集中」ということだ。「衆寡(しゅうか)適せず」「多勢に無勢(ぶぜい)」などと言ったりするが、たとえ一〇〇人の軍勢でも三〇〇〇人の敵軍に対して効果的に奇襲攻撃をかければ勝機を見出すことは可能である。二千の織田信長軍が二万五千の今川義元軍を破った「桶狭間の戦い」がいい例だ。つまり、相手の隙を衝く、ということだ。逆に言えば自分の強みを最大限に活かすこと。われわれの場合、われわれと同世代の若者、敗戦によって価値観の転倒を経験し戦後の混乱から立ち上がろうとしている二十代、三十代の若者の支持取りつけこそが狙い目だった。

選挙期間中、私はひとりの人物と出会った。杉眞木雄というその古老は、八上町の被差別部落に住んでいた。車で通れない家屋が密集した部落のなかを和尚たちと歩いて遊説しているとき、ひょこひょこと庭先に現れた古老を見て、晦冥和尚は急いで駆け寄って古老の手を取った。

「杉さん、今度県議選に出ることになりましたんで、どうぞよろしくお願いします。」

「ああ、和尚さんかい。よう決心しんさったな。わしらのためにも頑張ってつかあさいよ。」

和尚の話では、この杉眞木雄という人は一九二二年の全国水平社創立大会のときに鳥取県代表として参加した方らしい。私も学んだ八上小学校に部落で初めて進学し、そこで抜群の成績を修めて級長をもつとめ、高等科にも進んだとか。当時、部落の子どもたちは部落内に作られた分教場で学ぶだけだったから、杉さんの進学や活躍は画期的なことだった。

そして、二十六歳のとき、京都で開かれた全国水平社創立大会に参加し、翌年龍吟寺で講演会を開いたのだという。部落の菩提寺である浄土真宗の寺ではなく、曹洞宗の龍吟寺の本堂で講演会を開いたという点が面白い。杉さんはこの寺の先代の住職高田堂禅師と気脈を通じ昵懇だったというから、そういう機縁で龍吟寺が講演会の会場になったものだろう。その頃から八上町の文化の中心として龍吟寺の本堂があった、ということか。

その講演会には、全国水平社執行委員長の北梅太郎もやってきた。北は講演会のあとの座談会で、高い小作料を話題にし「この小作料に部落の零細農民すべてが苦しんでいる。部落解放は、ただ単にいわれなき身分差別をなくすという問題ではない。地主が小作人から搾取する小作料などの経済的な問題を解決することでもあるのだ。このような小作人の手枷足枷を断ち切ることなしに、真の解放はありえない。」と力説した。

杉さんたち部落の若者は北さんの話に共鳴し、この集会が事実上の水平社八上支部の結成大会になった。「小作料の永久三割軽減」は後に杉さんの経済闘争となり、被差別部落の小作人四〇人で組織された日本農民組合八上支部は「小作料の永久三割軽減」を地主側に要求し、法廷闘争となる。争議は長引いたが、結局杉さん率いる組合側は調停者を間にはさんで地主側と和解し、組合側の要求は聞き届けられた。地主側の交換条件は、組合の訴訟の取り下げと組合の全国農民組合からの脱退だったので、これは杉さんたちが聞き入れた。

「杉さんたちの闘争は、農民運動であるとともに部落解放運動そのものだったんだ。尾見君、俺たちの身近には、こんな立派な先達がいるんだよ。」

和尚からこの話を聞いて、私は杉さんの行動力に目をみはった。そして、杉眞木雄という人間に対して尊敬の念を抱いた。それ以降、私の内部で、八上町に二つある被差別部落と部落問題に対する興味関心が勃然と湧いてきた。

晦冥和尚は県議選に落選した。
八尾郡の選挙区では、定数五人に対して候補者数十一人、和尚の獲得票は二、六六六票で次点にもとどかず、トップ当選者とは約三、四〇〇票差、最下位当選者とも約一、九〇〇票差だった。完敗である。悔しいが仕方がない。私は選挙戦の参謀をつとめベストを尽くしたつもりだが、如何せん力及ばなかったということだ。敗軍の将は兵を語らず。和尚の選挙について、私には何も語る資格がない。だが、私の場合、このときの経験が後年大いに役立つことになる。

それから一年半後のことだ。私は八上町町会議員選挙に立候補することになった。それまで私は議員になりたいと考えたことは一度もなかった。自分は政治とは無縁な人間だと思っていたからだ。明治末期から大正初期にかけて村長や郡会議員をつとめた祖父のことが念頭にあったせいかも知れない。あんな清濁あわせ呑むような老獪な生き方は自分にはできないと思っていたのだ。

しかし、私は立候補した。なぜか。それは町議選の告示になってはじめて、晦冥和尚の県議選での自分の奮闘努力が地元の若者たちに評価され、ひそかに厚いご支持を賜っていたことを知らされたからである。天知る、地知る、ということだろうか。彼らの激励をうけて、私はついに立候補を決意した。結果、私は八上町町会議員に初当選した。三十一歳だった。思えば、これが私の地方政治への門出であった。

八上町は保守の地盤である。大地主が専横的にふるまっている土地柄なのだ。そこに革新系議員の私が現れたのだから、彼らやその取り巻き連中にとってはさぞかし目障りだったに違いない。私の政治目標は、大地主をつくりだすような社会のしくみを変えることだ。大地主によって小作人が生かされているのではない。戦後の農地解放をさらに徹底させて、地主の農地を小作農に分け与え、小作農が自作農となる社会をつくる必要があるのだ。

ひとたび議員になった以上、農村が豊かになるような施策を取りあげること――それが私の責務だった。そこで、私がまず目をつけたのは、子牛を無償で農家に貸し与え、三年後に子牛を返せば三才の牝牛が農家の所有になるという和牛振興だった。農協が資金を出し、利子は全額町が負担する。そのための補正予算を町に組ませるのが私の当面の目標となった。

しかし、当時の金額にして二八万円の予算を町に組ませるのに私は苦労した。助役、産業経済課長、町長に話してもまったく埒があかなかった。私は何度も町当局に要請したが無駄だったので、最後には強硬手段をとった。つまり、本会議から常任委員会に付託されている議案の審議拒否をしたのだ。議員でもある産業経済委員会の六人の委員にはかって、賛成した五人で近くの料亭で検討会兼懇親会を開き、審議に応じなかったのだ。

それに驚いた役場の産業経済課長や助役は付託の審議だけは今日中にやってくれと再三頼みに来たが、その度にわれわれは「夜十二時まで時間はある」と言って突っぱねた。困った彼らは、結局夕方になって助役を料亭に寄越し、私の和牛振興の提案について次回の町議会に必ず議案として提出すると確約した。町当局はその言葉通り次の議会で和牛振興の補正予算を提出し、議会はこれを議決することができたのだった。これが町会議員としての私の初仕事だった。

私が町会議員になって二期目の頃、妻の松子に異変が起きた。次男の和人(かずと)を産んだ頃は何ともなかったが、三男の真人(まさと)を産んで以降、しだいに体調をくずし、とうとう病床に臥(ふ)すまでになったのだ。鳥取市内の病院に連れて行き医者に診てもらったところ、思いがけず白血病と診断された。その日から松子の入院生活が始まった。

思い返せば、結婚以来、松子には苦労のかけ通しだった。町会議員になって以降、私は八上町果実農協の専務理事や八上町養鶏組合長を兼務し、さらに党務もこなしていたから、私は多忙をきわめており、子育ても養鶏も農作業も松子にほとんど任せきりだった。養鶏の仕事は私もやったが、それは朝夕の餌やり、水やり程度だった。田植え、稲刈り、二十世紀梨の消毒、袋かけ、収穫と農繁期には私も率先して働いたが、それ以外は父母や松子に任せて一切顧みなかった。

二人きりの時間に聞こえてくる松子の子育ての不安の声や義父母に対する不平不満の声に、私はきちんと耳を傾けただろうか。ほとんど聞き流したのが実情である。せめて親身に聞いてやるべきだった。

夫婦喧嘩の際に、松子に対して手をあげたことも再三ある。私は元軍人で古風な人間だからそのこと自体は恥じるものではないが、殴るたびに何かが壊れる気がしたのは事実だ。一番悔やまれるのは、嫁姑の争いに巻き込まれ、父母と松子と私で口論をしたときのことだ。私は父母の前で裁断を下すように「お前が悪い」と松子を突き放したのだ。長男の家に嫁ぎ、義父母に仕える松子は、もともと孤独な境涯だ。私しか頼れる相手がいないのだ。是非はどうあれ、味方して庇ってやれば良かったのである。にもかかわらず、私は無情にも彼女を孤立無援へと追い込んだ。あのときの松子の恨めしそうな涙目を私は忘れることができない。

松子の闘病生活は、半年間と短かった。死の床にいる松子に私がしてやれたことは、何だったろうか。私の場合は、彼女の手をとって話しかけることくらいだった。長男の直人はもう小学校六年生だったから事態を把握し神妙にしていたが、小学一年生の次男・和人や四歳児の三男・真人たちは訳も分からず見舞いに行く度に松子に抱きついて甘えた。私は息子たちの無邪気なふるまいを見るにつけ、松子を何とかして生かしてやりたい、と切に願った。

松子が亡くなったのは四月のことだ。ちょうど桜が散りかけた頃だった。享年三十五歳。あまりにも早すぎる死だった。葬式のときも、年端の行かない真人には母の死がよく理解できなかったのだろう。真人は松子が入った棺桶にちょこちょこ歩み寄り、何を思ったか、それをコンコンと片足で蹴りだした。私は三男が棺桶を蹴る姿を見ても、怒る気にはなれなかった。むしろ母を亡くしたこの幼子が不憫でならなかった。

松子の四十九日がすぎた頃、私は晦冥和尚から数冊の文学書を借りて読みはじめた。日頃はあまり読まない文学作品を読んで鬱々とした気分を晴らしたかったのだ。そのなかの一冊が『吉野秀雄歌集』だった。私は未知の歌人の歌集のページを繰り、漫然と三十一文字の羅列を眺めた。
「短歌百余章」と題された歌の数々のうち、次の数首を目にしたとき、私は不意打ちの衝撃をうけた。

病む妻の足頸にぎり昼寝する末の子みれば死なしめがたし

生かしむと朝を勢へど蜩の啼くゆふべにはうなだれてをり

提げし氷を置きて百日紅燃えたつかげにひた嘆くなれ

をさな子の服のほころびを汝は縫へり幾日か後に死ぬといふものを

をさな児の兄は弟をはげまして臨終の母の脛をさすりつつ

なぜ衝撃をうけたのか。そこに描かれていたのが、闘病中の松子と看病する私、そして幼い息子たちの姿だったからだ。不覚にも私は落涙した。葬儀のときすら流さなかった涙が、堰を切ったように滂沱と流れ、私の頬をつたった。活字がぼやけて見えなくなった。

瞬時にして、昔の自分に戻る方法がある。人によって、それは昔よく聞いた音楽を聞くことかも知れず、小説などの愛読書を読むことかも知れず、あるいはまた曾遊(そうゆう)の地を旅行することかも知れない。私の場合は、往年の自らの日記を読み返すことだ。

陸士時代の日記が七冊、手もとに残っている。今で言えば、文庫サイズの手帳のような日記だ。タイトルは、シンプルに「日記」。表紙には「自　昭和十七年四月一日　至　昭和十七年九月十四日」などと日記をつけた期間および「陸軍士官学校　豫科　生徒隊第二区隊生徒　尾見馨(おみかおる)」といった所属・氏名が記されている。

一冊目の日記の最初のページを繰ると、自分の万年筆の楷書体の字が目に飛び込んでくる。それは口語体ではなく、文語体の文章で書かれており、基本的に旧漢字かつ歴史的かなづかいだ。日記は指導教官によって査閲され、所どころ教官による朱筆の字句訂正、傍線、コメントおよび押印が付されている。

懐かしい。そのなかには、まぎれもなく十七歳のストイックな私がいる。

昭和十七年四月一日　水曜日　晴

十四時より入校式擧行(きょこう)せられ、校長閣下の訓示、生徒隊長殿より訓示あり。その内容、一、鞏固(きょうこ)なる意志、二、實践(じっせん)協力の精神、三、堅固(けんご)なる決意。中隊長殿の訓示、一、鞏固なる意志、二、旺盛なる實行力、これ皆將校生徒たるに必要にして且つ十分なるものと信ず。故にこれらは遵守實行せんことを期す。本日入校式中不動の姿勢の間少しく苦しかりしも、これ位の事はと頑張りてやり通したり。その氣概やよし。食事中の作法につき色々の訓示を受けたり。我の以前に於ける不届赤面にたえず。而れども爾後は決して斯くのごとき不禮は致さじ。

目出度く入校し同慶の至りなり。入校式の感激決意の下に猛進すべし。（守屋）

四月二日　木曜日　晴

本日区隊長殿の學科あり。軍紀の要素は服從にありと。我の過去を顧みるに不平を言ひしことこれ屢々ありき。全く殘念至極なり。今日より決して不平を言はざる覺悟なり。十三時頃より兵器の手入法の説明ありき。務めて注意を集中せしも尚眠かりき。心の頑張り足らずと信ず。愈々張り切るべし。敬禮、不動の姿勢の演習あり。我今まで中學校に於て斯くまでも嚴正なる訓練を受けしことなかりき。故に本日は大いなる收穫ありき。我も斯く訓練する中に、服從の精神、高潔なる品性を築き上げらるると信ず。

「我」は「余」に改むべし。最後の一文よし。（守屋）

四月三日　金曜日　晴（少し下痢なるも行動に差支へ無し）

午前、體操あり。余は高跳び、横飛びを最も不得意とす。中學時代體操を余り好まざりしより練習不十分なり。大いに練習すべし。極力余暇を利用して體操すべし。本日は神武天皇祭なるにより勅語を奉讀せり。勅語内容の解釈容易ならず。また本日は体操により相当に疲れたり。

四月四日　土曜日　晴

本日引率外出あり。宮城前に於て中隊長殿の訓話あり。陛下のわが国軍人を股肱と信頼し給ふ御心を思ひ、一日も早く立派なる軍人たらんことを誓ふ。またその廣場前に於て楠正成の銅像を見たり。勇壮なる昔の大英雄の事蹟を偲びつつ余も彼のごとくならんことを望む次第なり。やがて明治神宮へ參拜せり。明治大帝の御徳を慕ひつつ余も教へに背かざるやう努力専念すべし。勅諭、教育勅語に於て最も然り。

「楠正成公」とすべし。敬語を忘るべからず。（守屋）

四月五日　日曜日　健

今日は昨今の運動で少しく疲れたるも、張り切りて行動せり。また中隊長殿の精神訓話あり。得るところ頗る多し。先づ第一に本校の沿革を知り、益々我々の光榮と傳統の継承の責任を感ぜり。また名を殘さんとする心、進級せんとする願ひ、華々しき活躍せんとする野心、必ずしも純忠とは言ひ難し。人蔭に隠れても唯黙々としてその立場に於て誠心を尽くして努力するを至誠純忠なりと悟れり。かの九軍神を見よ。名をなさんがために斯くのごとき大功をなせしにあらず。海底に於て黙々として一途に純忠の途を驀進せしにあらずや。故に余は現在に於て帝国の直面せる中で支那問題が一番困難なりと信ず。數十年間抗日主義の支那と爾後數十年間戦は絶えぬものと思ふ。この大難を処理せんことを余は望む者なり。黙々として支那に於ける禍亂を廃せんことを欲する者なり。

四月六日　月曜日　曇　健

昨夜は雨降れり。朝少し寒かりき。本日は校内休養豫定なるも、午前註記あり。註記に一つの不注意あり。よく心得べし。また今日は學友と好んで話をせり。樂しかりき。今迄にて今日が一番愉快なりき。友と樂しく語り合ひて、軍隊が家庭なることを悟れり。十六時半より砂運びあり。力一杯砂運搬作業をやり愉快なりき。働き努力するは樂し。また本日の自習時間は相當眠かりき。然るに堪へて讀書せり。明日より授業あり。全力を尽くして勉勵せん。

四月七日　火曜日　朝雪後曇　健

本日より初めて學術授業あり。教官殿よりの初めて挨拶あり。その中に曰く、われら陸豫士に於て學術授業を受ける目的は純忠なる將校たらしむるためと。この目的を今さらながら銘記し、目的達成に精進せん。豫習復習を怠らず、一心に勵まんことを期す。午後體操あり。その後、相撲あり。先日の仇とて本日は二人に勝てり。欣快至極なり。益々努力し體力練磨に努めん。

四月八日　水曜日　健

物理の授業あり。余の最も得意とする物理學をかの教官殿の話により益々好む次第なり。大いに余が長所を發揮せん。十四時より教練素養檢査あり。余の缺點多かるに違ひなし。故に中隊長の訓示をよく實行せん。一、一度注意を受けたることは二度と間違へぬこと、二、教練にて教はつたことを具現化すること、全くこの主旨を確守せんことを期す。本日余は不動の姿勢に於て銃の床尾板の位置に注意を受けたり。然れどもこれ余が以前中學にて教はりし床尾板の定位置なりき。正しと思へど間違ひなりき。故によく区隊長殿の教へを聞き、一意向上に邁進せん。

「中隊長殿」とすべし。大詔奉戴日に方り所感決意なきや。（守屋）

四月九日　木曜日　健

本日は一時間教練あり。不動の姿勢、回れ右等今日こそは不備なからん事を期す。全力を盡して努力するも、尚悪しき所ありき。踵の合はざりし事、また帽子の被り方が右上りなる事。以後二度とこの注意を受けじ。また区隊長殿より聲（こえ）小さしとの注意を受けたり。確かに余は聲小なり。定めし中學時代の習慣ならん。必ず今日より聲大なることを念頭に置くべし。また今朝當番なりしにより兵器手入不十分なりしは頗（すこぶ）る残念なりき。随時手入（ていれ）せん。

四月十日　金曜日　健

第一時限修身授業あり。教官殿の訓示に一入（ひとしお）の感激を得たり。我々は今陸豫士に入校せし意義を考へる時、全國（ぜんこく）他の高等専門校に比して絶大なる意義あり。卽（すなわ）ち直接に陛下の股肱（ここう）として而（しか）も軍の中樞（ちゅうすう）として君に盡（つく）すを得（う）。夫（そ）れ日本男子最大の光榮（こうえい）にして最高の名譽、誇りなり。これを思ふ時、余は現在の己（おのれ）を自覺し、一意至誠純忠へと一歩一歩踏みしめて精進せざるべからず。過ぎしこの十日間を顧みる時、余の缺點（けってん）不備を擧（あ）げて數（かぞ）ふべからず。爾後（じご）斯くのごとき失敗無き様よく区隊長殿、上級生殿の訓（おし）へを守らん。

四月十一日　土曜日　健

午前の學課なし。軍醫（ぐんい）殿の衛生講話あり。よく食物に注意すべし。病は食より入ると。余これをよく愼（つつし）まん。また週番士官の川渕（かわぶち）大尉殿より諸注意あり。一つ、聲（こえ）を大きくすべし。二つ、不動の姿勢中目の玉を動かすべからず、談話するべからず。三つ、利己心を捨て公のために爲（な）すべし。以上の三つを考ふる時、余を誡（いまし）めらるごとく感ず。聲、目の玉、利己心、いずれも不斷（ふだん）の努力を要す。

四月十二日　日曜日

昨日の豫防(よぼう)接種により頗(すこぶ)る身體(からだ)の弱りを感ぜり。午後少し熱ありと思ひき。朝より夕まで殆(ほとん)ど寝て半日を過せり。少しく頭痛も覺(おぼ)えたり。また今日こそはと覚悟し、昨日川渕大尉殿の注意を守るに努めたり。二年生の外出の土産話(みやげばなし)に、帝國海軍の印度洋(いんどよう)に於ける大勝利を聞き、余も又立派なる將校となりて第一線にて活躍せんことを誓ふ。その爲(ため)には日々の努力が肝要(かんよう)なり。

足下、著々の努力こそ將來雄飛の礎(いしずえ)なり。（守屋）

四月十三日　月曜日　健

本日學科に於て銃機能をよく知れり。今迄不學なるは偏(ひとえ)に我が不注意の然らしむる處なり。
また本日の教練は以前に比し一段の進歩向上あり。愉快なりき。一昨日の週番士官殿の注意を思ひ出し、我が向上の一踏(いっとう)とすべし。一歩を着實(ちゃくじつ)に踏みしめ、一日を勤め勵(はげ)みてこそ人格の向上あり、盡忠(じんちゅう)の道あり。

最後の一文よし。その意氣なり。刻苦勉勵すべし。(守屋)

四月十四日　火曜日　健

午前の授業に於て數學の時間、余の最も好む理數方面の授業なり。樂しく張り切りて授業に臨めり。益々努力し、長所を大いに伸ばさん。午後の後段の教練に於て擔え銃、立て銃の動作に於て余の不備なりしは銃を右前四十五度出すこと不確實な點なり。他は良好と認められたり。日々着實に努力する事、これ卽ち向上の本なり。不知なる事も朧氣なる事も努め勵む中に自然に分明となり、困難も次第に容易へと變ずるものなり。

四月十五日　水曜日　健

昨夜銃に目を向けたるに銃口の蓋なし。不思議なり。寢床より起き出で棚を探せども見えず。終に就寢せり。今朝銃の手入時に方々探せども見出すあたはず。たぶん昨日の銃手入時に他の者過りて余のを取り入れしと思ふ。然るにその時これに氣づかざるは余の不注意なりき。同じ失敗を二度と繰り返すべからず。今後は絶對に斯くのごとき過ちは致さじ。常に目を瞠り、片時も氣を弛めず、我が任務に精進すべし。時將に入校直後なり。努め勵みて進まねば、龍の顎の玉をばいかで取り得んや。

四月十六日　木曜日　健
黎明を迎ふ。昨日必死に探せども銃口蓋見出せず。本日漸くにしてこれを発見せり。氣分頗る良し。

私が正代早苗と再婚したのは、一九六〇年のことである。私も再婚、早苗も再婚であった。二人の仲人をして下さったのは、八上町蘆田の谷口万太郎さんだ。万太郎さんは山地主の資産家で、政治的には保守政党に属していた。だから革新政党の町会議員たる私とは政治的に氷炭相容れぬ間柄だったが、ひょんなことからお世話になることになった。

谷口万太郎さんとのつき合いは、それだけに終わらなかった。万太郎さんは当時、鳥取市内にある鳥取種鶏場という中小企業の社長をしておられたが、私は町会議員の任期満了と同時にその会社の常務企画部長に就任することになったのだ。万太郎さんの抜擢によるものだった。会社が経営難になってからは専務取締役となり、万太郎さんと苦楽を共にすることになった。人生には思いがけぬ出会いがあり、それは時として政治信条の壁を越えた運命的なつき合いとなる。私にとっては、万太郎さんとの出会いが、まさにそれだった。

再婚相手の早苗は隣県の岡山県富田郡賀茂町の出身で、初めて会ったときは湊市の中央病院を経営するその伯父のもとに身を寄せていた。早苗の元・夫は両親に甘やかされて育った道楽息子だったらしく、結婚して一児はもうけたものの、ギャンブル好きで女好きな夫の所業に苦しめられ、幼い息子を夫の家に残したままついに離婚したということだった。その経緯を早苗から聞いた病院院長の伯父は、黙って話を聞き終えるやポロポロと涙を流したという。伯父は厳格な性質で日頃から近寄りがたい雰囲気の持ち主だったので、早苗はそのときも伯父に叱られるものだとばかり思って脅えていた。だから、その伯父の意外なふるまいに早苗は驚かされた。「早苗は苦労したんじゃなあ。よう頑張った。もうこれからは何の心配も要らん。わしが面倒見ちゃるけん」伯父はそう言い、学生下宿の管理人の仕事を斡旋してくれた。

早苗が尾見家に嫁いできた日、自動車に乗った彼女は「私は一体どこに連れて行かれるんだろう」と内心不安になったという。というのは尾見村が穂見山という標高約千メートルの山の中腹にあったからだ。砂利道の山道を行けども行けども目的地にたどり着けない――そんな辺鄙な印象だったらしい。私にしてみれば通い慣れた何の変哲もない坂道だったが、初めて来た早苗の目には秘境へと続く山道と映ったのだった。

嫁ぐと同時に、早苗は三人の子持ちとなった。小六の直人、小一の和人、そして年中の真人といった私の子三人の母親となったのである。早苗の息子の純一郎はちょうど和人と真人の間の幼稚園年長組だったから、子を喪った悲しさは新たなわが子たちの世話でまぎれた。小六の直人はともかく、和人と真人はまだ幼かったので母親にまとわりつき、子ども好きの早苗にはそれが大きな慰めになったようだった。

長男の直人が中学生になった年、四男の隼人が生まれた。早苗が男児を産んだことで、尾見家は一家八人の大家族となり、家庭の雰囲気はいっそう明るくなった。母・辰（たつ）も父・豊雄（とよお）も子を産んだ嫁の早苗に一目置き、他家も羨むような家庭円満の状態が二、三年続いた。しかし、やがて嫁姑（よめしゅうとめ）の関係がギクシャクしだした。松子のときと同じだった。早苗は松子と違ってかなり気が強かったから、姑に小言を言われれば負けじと言い返した。それで二人の関係はますます険悪になった。

このまま放っておけば大変なことになると私が思いはじめた頃、万太郎社長から「借り上げ社宅を用意したから、鳥取市内に引っ越してくれ」と言われた。渡りに船とばかりに、私は早苗と幼児の隼人を連れて鳥取砂丘にほど近い一戸建ての中古住宅に転居した。小学生である次男・和人と三男・真人の世話は、父母に任せた。長男の直人は市内の県立高校に合格したから、同居してそこから高校に通わせることにした。

鳥取種鶏場の常務企画部長時代、私は三日に一冊のペースで時の企業経営者の本を読みあさった。とりわけ光文社カッパブックスのビジネス書新刊は、書店に並ぶや、すぐさま買い求めた。これは戦後まもなく生きる指針を求めて哲学書や宗教書を濫読したのと同じだが、私にとっては企業経営という未知の領域に足を踏み入れる際に必要不可欠な準備作業だった。企業経営者のなかには松下幸之助（まつしたこうのすけ）とか本田宗一郎（ほんだそういちろう）といった立派な哲学を持った人格者がいることを、私はこのとき初めて知った。

この時分の私の主な仕事は、会社の現状分析と関連情報収集、さらには将来の会社の方向づけをすることだった。そこで手はじめに、販売力の推移を把握するためにZ図表という折れ線グラフを毎月記録しはじめた。入社以降、Zグラフのカーブは少しずつ上りカーブを描いていたが、社宅に転居した頃から水平になり、翌月にはほんの少し下降線となった。私は異常を察知し、直ちに緊急役員会を開いた。ここでどういう手を打つか、会社の経営方針をどうするか、といった経営判断を下す必要があったからだ。

このままでは、営業成績は確実に悪化する。アメリカの優秀なニワトリに打ち勝つためには数年の歳月と少なくとも数億円以上の技術開発資金が必要となる、と私は見込んだ。しかし、その役員会においては、会社としての今後方針の結論は出し得なかった。なぜか。その理由の一つは、過去の栄光へのこだわりだった。鳥取種鶏場は一九五八年の公認産卵記録検定において、十羽一群で三六二一個の卵を産んだ輝かしい日本一の多産記録を持っていた。一羽のニワトリが年間三六二・一個の卵を産むという記録は、実際に世界的な記録であった。

だが、それはあくまでも個体がどれだけ産卵するか、そのニワトリが多数存在すれば利益は上がるはずである、という考え方にすぎなかった。一方、アメリカの場合、プラグマティズム（実用主義）の観点から、五千羽ないし一万羽の群として環境対応、ストレスの影響、生存率、飼料効率を含む経済性の対応する研究が進んでいた。この彼我の圧倒的な物量の差や思想的背景の根本的な違いに気づかず、「神風」待望のような時代錯誤的な幻想を捨てきれなかった点が経営判断を鈍らせた、とも言えた。アメリカとの戦争に突き進んで行った日本軍部の甘い状況判断に酷似している。強く警戒していたはずなのに、同じ轍を踏んでしまったのである。

　結局、Z図表のカーブは下降線をたどりはじめてから一度も上昇に転ずることはなく、そのまま下降の一途をたどった。経営破綻を防ぐために万太郎社長は自身が所持する山林の貴重な財産を処分しつづけることになった。私が知るだけでも社長は一億五千万円くらい山の木を伐ったはずだ。当時の私の月給が三万五千円だったから、その当時の一億五千万円は、現在価値に換算すれば優に十倍を超えていた。

　ニワトリの自由化。アメリカのニワトリが輸入されるようになれば、日本の種鶏場は確実に壊滅する。このことは地方にいるわれわれでも判っていたことだから、農林水産省とか通産省といった中央省庁の役人連中が判らぬはずはない。にもかかわらず、彼らはニワトリの自由化に踏み切った。思うに、彼らの眼中には最初からわれらがごとき弱小企業集団など存在しなかったのだ。そうとしか考えられない。これは中央官僚の奢り以外の何ものでもない。エリート意識の権化たる彼らの想像力の欠如――それが民間企業を窮地または死地へと追いやったのである。

　一九六五年の夏、鳥取種鶏場はいよいよ経営が行き詰まることとなった。もう社長とて山に伐る木はない。手形の期日は迫る。これ以上銀行から融資も望めない。種々取締役会で協議した結果、飼料の取引先で資本金五五億円の日本畜産飼料に資金援助を願い出ることとなった。日本畜産飼料は、鳥取大学の前身である鳥取高等農林学校を卒業した谷口万太郎社長が就職した会社である。そこの坂口工場に勤めていた頃の工場長が、このとき日本畜産飼料の田辺社長であった。

万太郎社長にしてみれば、気心の知れたかつての上司であり、こちらの人品骨柄（こつがら）も知っていただいている、という思いがあった。ビジネスの世界に甘えは通用しないとは知りつつも、金策の最期の手段として一縷（いちる）の望みを託したのだった。

この会社との関係で、万太郎社長の清廉潔白（せいれんけっぱく）さを示すエピソードがある。社長は坂口工場に勤めていた頃、軍隊に召集された。それから社長は、幹部候補生を経て、敗戦のときには陸軍大尉として大隊長をしておられた。敗戦後、帰宅してから日本畜産飼料が出征以来敗戦までの四年間の給料を送ってくれていた事実を知った。そのとき社長は、軍隊からの給与と二重にいただくことはできないとして、給料全額を日本畜産飼料に返納されたのだ。これは俗人にはなかなか真似（まね）のできないことだ。大したものである。

その夏、私は万太郎社長とともに東京行きの寝台夜行列車に乗った。田辺社長がおられる横浜本社に行くためである。事業を収束させるにしても、手形決済、従業員の退職金支払い、借入金返済等で少なくとも二億円の資金が必要だった。

東京駅を降りて、私は万太郎社長に次のように言った。

「私は東京でお待ちしていますので、援助の話を了解していただいたら、ご連絡下さい。私も細部の打ち合わせのため、横浜本社に向かいますので」

その後、万太郎社長は田辺社長と会うために一人で横浜に行かれた。私は久方ぶりに靖国神社を参拝し、神保町の古本屋街を散策して半日を過ごした。そして夕刻、東京駅で万太郎社長と合流した。

「尾見君、日本畜産飼料もどうやら援助してくれる見通しはなさそうだ。どうしたものだろうか。」

社長は沈んだ顔で、そうおっしゃった。それを聞いて、私も考え込んだ。しばらくの間、会話が途絶えた。やがて、万太郎社長が「明日もう一度田辺社長に会いに行くから、君も一緒に来てくれないか」とおっしゃった。私は「そうしましょう」と即答した。

贔屓目（ひいきめ）ではなく、万太郎社長のような良心的な人格者はそうザラにいるものではない。何しろ軍隊に召集中の四年間の給料全額を会社に返納されたような方なのだ。かつての工場長の田辺社長にその誠意や鳥取種鶏場の経営の窮状をつぶさに知っていただければ、無慈悲に突き放すようなことはけっしてなさるまい。よし、明日は社長と一緒に行って、私からもお願いしよう、と私は決心した。そして、社長と投宿して早めに就寝した。

翌日、私たちは事前に先方に電話し、田辺社長が指定された時刻に横浜本社を訪問した。

二人は社長室の隣にある立派な応接室へと案内された。しばらくしてそこへ田辺社長がやって来られた。私は初対面の若僧なので、名刺をお渡しして丁寧に挨拶した。田辺社長は私の挨拶を聞き終わるや、万太郎社長の方に向き直り、

「谷口君、昨日も会ったのに、今日はまたどういうことですか」

と笑顔でおっしゃった。その刹那（せつな）、〈ああ、万太郎社長は鳥取種鶏場が倒産寸前だということを話

されてないな）と私は直感した。そこで「僭越ながら、私の方から鳥取種鶏場の経営状態について説明させていただきます」と前置きして、実情をつぶさにご報告申し上げた。

田辺社長は驚いたような顔つきで私の説明を最後まで聞いて下さった。その間、隣の万太郎社長は一言も口をはさまず、やや俯いてはらはらと涙をこぼされていた。

田辺社長は私の説明を聞き終わるや、大きな声でこうおっしゃった。

「谷口君、そんなに困っていたのか。よし、わかった。すぐに援助を検討しよう」

その一言が私の耳にどんなに頼もしく響いたことか。そしてその日は、翌々日に期日が迫っていた手形決済の不足分八百万円を風呂敷に包んで、寝台夜行列車の寝枕にして鳥取に持ち帰った。

それから約一年後、万太郎社長は鳥取種鶏場を閉鎖した。合計約二億円を日本畜産飼料から超低金利で借り入れ、数年後に種鶏場の土地を売却して、全額返済することができた。

私のサラリーマン生活はここで幕を閉じた。私は郷里の八上町で八上養鶏という養鶏場を始めることにした。尾見村の隣村に土地を買い、そこに約十棟の鶏舎を建てた。雌雄の地鶏や採卵用の雌鶏を飼い、食肉専用・大量飼育用のブロイラーも飼った。

万太郎社長はといえば、ようやく会社経営の肩の荷を下ろされたのも束の間、県会議員選挙に立候補なさった。告示間際の決断だった。党派が違うので、表立っては活動できなかったが、私も影ながら応援した。恩人に対してそうするのは、私にとっては当然のことだった。結果、万太郎社長はトップ当選された。私は涙が出るほど嬉しかった。ともに苦労した恩人が勝ち取った栄光である。これが喜ばずにいられれようか。

そのとき、私は四二歳になっていた。私は第二の人生を始めるつもりで養鶏場経営にいそしみ、党の仕事にのめり込んでいった。(了)

跋渉

杉の梢にかかった朝霧は、よく見ると微かに動いていた。その動きは非常に緩慢だったが、動かない枝に焦点を合わせていると、霧が少しずつ動いているのがわかった。朝霧は動くにつれてその形状をも変化させた。それは濃淡の変化でもあった。

神社の境内にいる祝部益良雄は、本殿の階に座ってぼんやりと杉の大木を見あげていた。神社の境内は村道の高みにあり、かつ鎮守の森に遮られているため、道行く人びとに黒い学生服を着た自分の姿を見とがめられる心配はなかった。しかし、それでも長居は禁物だった。いつなんどき誰かが神社の石段を上って境内にやって来ないともかぎらないからだ。人目につかない籠り堂に隠れるに越したことはない。立ち上がるときに、本殿脇のカゴノキの古木が目にはいった。注連縄をつけたカゴノキには大きな洞があり、それはコンクリートでふさがれていた。よく見ると根方には黒い焦げ跡がうっすらと残っている。昔、この村が近隣の百姓たちに焼き討ちされたとき、この木も燃やされたが焼け残ったということだ。そんな話を益良雄は祖父の彬から聞いたことがある。

神社の森を横ぎったところに、籠り堂があった。お堂のなかは殺風景で、ゴザを敷いた六畳ほどの床に神棚が一つあるきりだった。それでも人目につかず雨露がしのげるだけ良かった。益良雄はそこでカバンを放り出し、学生服を脱いだ。高校をサボってここで時間をすごすことは、しばしばだった。彼は硬い床に仰向けに寝転がって文庫本を読んだ。明治時代に書かれた自然主義の小説を読みすすめるうちに、しだいに眠気をもよおし、うとうとと微睡んだ。

……光が近づいては、遠ざかって行った。前の人の身体が邪魔して、よく見えなかった。彼は光の方をよく見ようと、背伸びをしたり隙間を探して移動した。人びとの隙間から、篝火に照らしだされた山路が見えた。山路は裏山の奥の闇へと続いていた。その裏山の奥が明るんだかと思うと、松明を手にした逞しい男が現れた。男は一人ではなく、その後ろにもう二人いた。男のすぐ後ろには、どうやら縄で縛られた男がいるようだった。その後ろにもう一人松明を持った屈強そうな男が続いていた。後方の男に小突かれるようにして、縛られた男は歩いていた。篝火の前で男の顔がはっきり見えた。縛られた男の額には傷痕があった。そこからは血が流れているようだった。男はよろめきながら、前を通りすぎていった……

目覚めると夢の中身はすぐに忘れてしまったが、揺れる光や血の印象だけは鮮やかに残った。

別の夢も見た。

……杉林のなかを竹槍を持った若者たちが血相を変えて走っていた。走りながら誰かが「あっちにおるぞー」と叫んだ。若者たちは広戸の大滝の方へと向かっていた。ふいに前方に長い髪をふり乱した半裸の女が笹原を飛ぶように走っているのが見えた。女の足は早く、若者たちはなかなか追いつけなかった。それでもじりじりと間合いを詰め、ついに誰かが追いすがり、女もろとも勢いよく叢に転がり込んだ。追いすがった若者とほんの少し遅れて追いついた若者の二人が女を組み敷き、押さえ込んでいた。皆が追いつき、女たちのまわりを取り囲んだ。

女の額には長い髪がべったりと貼りついていた。女は髪の間の目を大きく見開き、上半身で荒い息をしていた。女が着ているものと言えば、胸と腰のまわりを蔽うわずかな襤褸だけだった。若者たちは激して口々に女を罵りだした。女は若者たちの言葉に一切反応を示さず、眼だけを爛々と光らせて男たちの様子を窺っていた。

やがて最初に飛びかかった若者が当然の権利を主張するようにして女を犯しはじめた。手足を押さえている三人の若者を除く他の連中はたまらず手淫をはじめた。最初のうち女は生捕りされたイノシシのように烈しく抵抗したが、無駄だと諦めたのか、やがて抵抗しなくなった。

そのとき突然、何千、何万という黄色い蝶の群れが、どこからともなく現れた。蝶の大群はわらわらと若者たちにまとわりつき、砂埃のように黄色い鱗粉をふりまいた。濛々たる黄砂があたり一面を蔽い、若者たちが右往左往している隙に、女は逃げた。……

益良雄が裏山の杉林に足を踏み入れたとき、そのなかは森閑としており、うっすらと霧がかかっていた。杉木立は大聖堂の柱に似ていた。そこには神韻縹緲とした侵しがたい雰囲気が漂っていた。パリのノートルダム寺院のなかはこんな雰囲気だろうか、と彼は想像した。枝打ち、下刈りなど手入れの行き届いた杉林の空間は意外に広々としており、さほど閉塞感はなかった。

益良雄はシダ類の生えた木下闇を歩いた。朝露の降りた下草をスニーカーで踏みしだきながら歩くと、ズボンの裾がびっしょり濡れた。

突然、頭上で鋭い悲鳴がした。ハッとしてふり仰ぐと、杉の梢を飛ぶ鳥影が見えた。ツグミだった。ツグミはなおも甲高く叫びながら波状に飛び、樹間を巧みに縫って彼の視界から消え去って行った。

そんな些細なことにビクついている自分が疎ましかった。山鳥が足もとから突然飛び立ったときもそうだったし、踏みしだいた褐色の杉の枯れ枝が梃子の原理で眼前に跳ねあがったときもそうだった。

山の脊梁からコブのように盛りあがった大岩の上に、益良雄は立ってみた。眼下の山の斜面には、麓へと続く帯状の杉林があった。先刻の驟雨によって湧き出した白雲が濛々と立ちのぼり、無数の青銅の鉾を天に衝きたてている杉林をおおっていた。白雲は生き物のように動いていた。たなびいていたかと思うと、立ちのぼり、渦巻いては消えた。霧のように濃くなったかと思うと、たちまち頼りない白糸になった。白雲の切れ間に、一瞬、小湊村が見えた。あそこから登ってきたのだ。頭上には鈍色の雲が低く垂れこめていた。また小雨が降りだした。彼は雨に打たれたまま歩き出した。

歩きながら、ふと学校の授業風景が目に浮かんだ。何の授業かわからないが、クラスメートたちは熱心に授業を受けていた。こうして益良雄が高校をサボって山中を彷徨している間にも、着々と授業は進んでいるのだった。彼が在籍している県立湊(みなと)高校は県下有数の伝統ある進学校だったが、秀才どもが血眼(ちまなこ)になって切磋琢磨(せっさたくま)する雰囲気に、彼はどうしても馴染むことができなかった。地元の賀茂中ではずっと首位の座を保ってきた益良雄だが、さすがにエリート校の湊高ではそういうわけには行かなかった。彼の場合、自らの成績不振が登校拒否の最大の原因だった。

湊高の校門と正面の校舎が目に浮かぶ。藩校の跡地に建てられたこの高校の前身は、旧制湊中学だった。校門正面の校舎は、おそらくその旧制中学創立の頃――つまり明治時代に建てられたものだろう。その古めかしい洋風の建物は、いかにも《伝統》というものを感じさせた。学力のある地元の少年少女にとってはそれが憧れの的でもあり、益良雄もずっとそんなふうに感じていたものだが、高校をサボタージュする今となっては何やら自分に重くのしかかってくる忌まわしい存在でしかなかった。

日が傾きはじめた頃、辰巳(たつみ)半蔵はようやく行動を起こした。それまでじっと身を潜めていた広葉樹林の藪のなかから、長男・弥三郎(やさぶろう)の手を引き、赤子の次男・純四郎(じゅんしろう)をおぶった妻のふみを伴(ともな)って、静かに這(は)い出してきた。周囲に百姓どもの気配はなく、慎重に安全を確かめての行動だった。日があるうちに、何とか高台の湯屋(ゆや)までたどり着きたかった。茂みにはムラの仲間たちがいたが、半蔵一家は彼らと別れて湯屋へと向かったのだった。夫婦して赤子と幼児を背負い、急斜面を難儀して登っていると、尾根の手前で竹槍を持った百姓どもに見つかってしまった。尾根伝いに偵察していた連中が、斜面を登ってくる夫婦に気づいたのだった。

半蔵とふみは、咄嗟に逃げ出そうとしたが、登ってきたのは急斜面だ、踵を返して走って逃げるわけにも行かない。ゆっくりと後ずさりするように滑り降りはじめた。だが、百姓たちの身のこなしは速い。たちまち追いつかれ、半藏は一人の百姓に頭頂部を突かれ、ふみはもう一人の百姓に右足の太股を突かれた。半蔵は弥三郎を背負ったまま呻いてその場にうずくまったが、ふみは竹槍で突かれた弾みで足を滑らせ、赤子の純四郎もろとも悲鳴をあげながら谷底へと転がり落ちていった。

半藏は咄嗟に立ち上がり、百姓の追撃をかわすや、弥三郎を小脇に抱え、谷底へと身を躍らせた。墜落した妻子を助けたい一心だった。杉の幹との激突を避けながら、猛然たるスピードで半藏と弥三郎は谷底へと駈けおりていった。谷底に転落した一家を、百姓たちは追ってこなかった。半蔵は途中で脇の岩場に転がり込んで身を隠し、百姓たちの視界から逃れた。嗚咽しそうになる弥三郎の口を掌でおさえ、半蔵は百姓の気配が消えるのを待った。日が翳りだしていた。

あたりが暗くなるのを待って、半藏は弥三郎をおぶって岩の窪みを離れた。隠れている間に疲れた弥三郎が眠ってしまったので、息子は目覚めている時よりも重かった。半藏は痛む頭を抱え、足もとを確かめながら斜面をゆっくりと降りた。麓の藪に誰かがうつ伏せに倒れていた。ふみだった。背中には純四郎が括りつけられたままだった。近寄って確かめると、ふみも純四郎も息をしている。ふみは顔や手足から血を流し、気絶していた。背中の純四郎は不思議とかすり傷一つせず、ぐっすりと眠り込んでいた。

　尾根の辺りを仰ぎ見ると、まだほの明るかった。あそこからここまでは落差がゆうに百間(ひゃっけん)（約二百メートル）はあるだろう。この急斜面を転落して、母子ともよくぞ無事だった。半蔵は、ふみに活を入れて起こし、右足の傷の手当てをした。木下闇(このしたやみ)を手当たりしだいに引きむしった植物のにおいで血止め草を嗅ぎ当て、自分の上衣の袖を噛み割いて包帯を作った。血止め草を揉みつぶして、ふみの右足の太股(ふともも)の傷口に当て、包帯で縛った。ふみは痛そうだったが、無言でその痛みに耐えていた。

　赤子の純四郎が目覚め、少しむずかりだしたので、ふみは乳房(ちぶさ)を出して純四郎に乳首をふくませた。闇のなかに白い乳房がぼんやり浮かんだ。兄の弥三郎もすかさずもう一つの乳房にしがみついた。長い一日が終わろうとしていた。両親は空腹だったが、食欲や怪我の痛みよりも睡魔(すいま)の方が勝った。半蔵一家は、ふみを中心にその場で身を寄せ合って眠りに落ちた。

「お父(とう)、血が……」

　半蔵が目覚めると、驚愕(きょうがく)して目を見開いた幼い弥三郎の顔が間近にあった。

「あんたァ、顔じゅう血だらけじゃ。痛(いと)うないん？」

　心配そうに顔を覗き込むふみに言われて、反射的に顔に手をやると、ザラつく鬚(ひげ)の感触とは別に、顔全体に固まった血がべったりと貼りついたような、ごわごわした手ざわりがあった。怪我をした頭頂部に手をやると、もう出血はしておらず、血は固まっていた。頭の怪我だけに出血がひどかったに違いない。そんなことには今の今まで気づきもしなかった。半藏は身を起こすと、家族を促して元いた谷の茂みを目指して歩き出した。そこに行けば、まだ仲間が残っているかも知れないからだった。

もといた広葉樹林の藪まで戻ると、案の定、友吉一家がいた。友吉は半藏を見るや、「半藏、どうしたんなら」と驚いて駆け寄ってきた。友吉の妻のかねや娘のなつも、ふみたちや弥三郎のもとに駆け寄ってきた。半藏が昨日ここを離れてからの一部始終を語り終えると、友吉は乏しい食糧を半藏一家に分け与えてくれた。半藏たちがそれを食べている間に、自らは近くの小湊川に水を汲みに行き、かねとなつは血止め草をさがしに行った。

しばらくして水を汲んだ友吉が帰ってきた。半藏はその水で顔や傷口を洗わせてもらった。血止め草を摘んだかねとなつも戻ってきた。友吉たちは一家総がかりで半藏とふゆの傷の手当をしてくれた。友吉たちの献身的な介抱に半藏やふみは感激し、「すまんなあ。このお礼はきっとするけんな。」とくり返し言った。

日が高くなった頃、藪に潜んでいる半藏たちは偵察中の百姓たちに見つかってしまった。突然半藏たちの視界に姿を現した十人ばかりの百姓たちは、すでにこの藪をぐるりと包囲していた。そのことに気づくと、半藏は慌てて逃げ出そうとする友吉一家を制し、その場に踏みとどまらせた。藪にたどり着いた百姓たちのうち、最年長らしき者が半藏や友吉たちを誰何した。家長がそれぞれに家族の名を告げると、全員賀茂川の中州に連行されることになった。半藏と友吉だけは後ろ手に縛られたが、女子どもは縄打(なわう)たれなかった。

賀茂川のほとりは、近隣の百姓たちと捕まったムラの住人たちとでごった返していた。黒山の人だかりのなかを押し合いへし合いしながら河原に向かっていると、額に白い紙きれを貼ったムラ人が数人、目にとまった。彼らは河原へと向かう群衆とは反対方向に逃れていた。不思議なことに、百姓たちは白い紙きれをつけたムラ人には危害を加えず、むしろ進んで逃がしてやっているように見えた。百姓たちは河原でムラ人を有罪か無罪かで選別しているようだった。白い紙きれは「無罪」の目印なのだ。

あまりの混雑に、連行中の半蔵一家はとうとう友吉一家とはぐれてしまった。その時、百姓の「祝部(はふり)の一統が捕まったぞー」と叫ぶ声が背後から聞こえた。その声に呼応するように群衆はどよめき、声がした方へと全体が一挙に流れ出した。半蔵は護衛する百姓たちの意識がそれた隙(すき)に、弥三郎の手を引き純四郎をおぶったふみを促して、人ごみにまぎれた。縛られた縄も自力で何とかほどくことができた。幸運にも、連行していた百姓たちは半蔵一家を追ってこなかった。

益良雄(ますらお)は、杉林を抜けて広葉樹の森に入った。まず視界に飛び込んできたのは、粉(こ)を吹いたように薄い黄緑色の花を咲かせたシイの群落だった。鬱蒼(うっそう)としたシイの樹下を通るとき、精液のような生臭(なまぐ)いにおいがした。新緑の森のなかは意外と明るく、色鮮やかだった。雨は上がり、日が照れば葉叢(はむれ)の葉脈がその裏側から透けて見えた。空気も澄んで、気持ち良かった。ケヤキ、ブナ、ナラ、クヌギ、シイ、カエデ、クリといった樹木は、彼にも識別できた。脱いだ学生服を手に持った彼は、深呼吸しながら広葉樹林のなかを散策した。

益良雄が山中をほっつき歩くのには理由があった。学ラン姿の高校生が日中ぶらぶらと湊市の市街地をうろつくわけには行かないというのがひとつ、もうひとつは先祖が百姓に追われて逃げたという裏山をよく見ておきたいというのがあった。益良雄の曾祖父・和巳は、この作州はもとより、西日本では有名な漢詩人だった。百姓に追われて逃げたというのは、庄屋をしていたその父、彼にとっては高祖父に当たる章一郎とその息子たちだった。そのことを益良雄は祖父の彬から聞いたことがある。

益良雄の家には今でも曾祖父・和巳の蔵書や書画が数多く残されている。和綴じの四書五経やら唐詩選などをはじめ、種々雑多な書物が応接間の観音開きの書棚に保管されていた。また床の間には和巳が作った漢詩の一節が大書された掛け軸が飾ってあり、玄関には和巳自作の漢詩を記した大屏風も立てられていた。これらの遺品によって、益良雄は幼い頃から曾祖父の存在を身近に感じていた。ところが、それとは逆に高祖父・章一郎のことはほとんど何も知らなかった。それはただ単に古い先祖だからということではなく、家族が章一郎のことをあえて話題にしなかったからだ。つまり、章一郎とその息子たちの非業の死は、祝部家の人びとにとっては一種のタブーだったのだ。

益良雄は息苦しかった。（息苦しさの原因は一体何だろう）と思う。部落差別――もちろんそれはあるだろう。しかし、自分が小湊村という被差別部落に生まれ育ったからといって、彼の場合、今までに露骨な部落差別を感じたことはなかった。少なくとも彼自身が差別されているとハッキリと自覚したことは、一度もない。それならば、いったい何が息苦しさの原因なのか。

初老の藤原玄治と妻すみ、倅の玄太と孫の七郎とたつの五人は、岩の窪みに身を潜めていた。百姓たちの怒号やムラ人たちの悲鳴があちこちから聞こえてくる。ここも危険だった。玄治は玄太と相談して、その場を離れて湯屋まで上ることにした。登っている途中で、玄治一家はばったりと百姓たちと出くわしてしまった。百姓たちは七、八人もいたろうか。手に手に竹槍をたずさえ、玄治一家を認めるや、すぐさま身をひるがえして駆け寄ってきた。

「みな、逃げい!」

玄太の一声で、あとの四人は逃走した。玄太だけその場を動かず、百姓たちの到着を待った。すんでのところで竹槍の切っ先をかわし、玄太は右に左に百姓たちを翻弄した。しかし、時間稼ぎはそう長く続かなかった。一人の百姓がくり出した竹槍が右の脇腹に突き刺さった。玄太はうめき声をあげつつ、走って逃げた。父親を心配して近くの木陰に残っていた倅の七郎を呼びつけ、一緒に走った。手負いの玄太や子どもの七郎の足より、百姓たちの足の方が速い。たちまち追いつかれ、追っ手をふり切ろうとしているうちに、玄太は七郎の姿を見失ってしまった。逃げるのに必死で、捜しに行くこともできなかった。

孫のたつを背負った玄治とすみが杉林の斜面に駆け込むと、頭上から百姓の怒号が聞こえた。その声は、

「おったぞー、落とせー」

と言ったようだった。すると玄治とすみの脇に大岩が猛スピードで転がり落ちてきた。岩は恐ろしい地響きをともなって、斜面を次から次へと転がり落ちてくる。玄治とすみは必死の思いで身をかわしたが、たつを負ぶって身のこなしの鈍った玄治の腰に岩が当たった。衝撃でくずおれそうになったが、玄治はグッとこらえ、すみをうながして斜面を駆け降りた。そのあたりは、その名も「大岩」という場所だった。

翌朝、七郎をのぞく玄治一行は谷に潜居しているところを百姓たちに見つかった。百姓たちは奥小湊村の河岸善蔵ら六人だった。玄治たち四人は奥小湊村の辻まで連行されたが、そこでばったりと玄太と親しくしている奥小湊村の河岸矢三郎と出会った。玄太は地獄で仏の思いで矢三郎に呼びかけ、「平生からご贔屓にしてもろうてる旦那様、どうかわしらを助けてくれんさい」と必死で懇願した。血だらけの怪我人がいる玄治一行を不憫に思った矢三郎は、善蔵らを説得して、玄治一行は何とかその場を無事逃れることができた。

最近、高校の古典の授業で習った教材には、奇妙なことに一つの共通点があった。それは「追放された主人公」という点だ。

たとえば、『楚辞』の「漁父の辞」。その冒頭は、こうだ。「屈原既に放たれて、江潭に遊び、行く澤畔に吟ず。顔色憔悴し、形容枯槁せり。」讒言にあい中央政界から放逐された屈原が、当てどなく河のほとりをさまよい歩き、行く道すがら長嘆息している姿が目に浮かぶ。その姿は無残にやつれ、疲れ切って今にも死にそうな人のようだった、というのだ。

一方、『古事記』の「八俣の大蛇退治」の冒頭は、「故、避追はえて、出雲國の肥の河上、名は鳥髪といふ地に降りたまひき。」という。こちらの主人公は度重なる乱暴狼藉のせいで高天が原を追放された「速須佐之男命」だ。太陽の化身たる「天照大御神」の弟である彼は、地上の人間界へと放逐される。（登校拒否を続ける俺も、まあ似たようなものだな）と自嘲的に益良雄は思う。（現実逃避して高校をサボり、疎外感を抱いて一人で山をほっつき歩いとるんじゃけん。）

疎外された人間のすねた感情という意味では、以前に習った『伊勢物語』の「かきつばた」の一節「身をえう（用）なき物に思ひなして」もそうだった。「えうなき物」とは不要な人間、役立たずのことだ。この在原業平とおぼしき「をとこ」は、自分をそんなふうに卑下するのである。「わしゃあ、要らん者じゃけん」というわけだ。余計者意識を持つ者は、えてして卑屈になる。今の自分と一緒だ。

しかし、自分は一体何から「追放」されたのか。学校か。家か。祝部家は旧家で小湊村という被差別部落にあって代々地主の家系だが、「歴史の澱」とも言える暗く因循姑息な雰囲気があった。さらには、家庭内不和である。母と祖母の間では絶えず嫁姑の争いがあり、それに祖父や父が加わって、三つ巴、四つ巴のはげしい口論や殴り合いの喧嘩をすることもしばしばだった。夫婦喧嘩の様相を呈し、家のなかで父が母を追いかけまわして殴るような場面もあった。時には益良雄も喧嘩の仲裁に入ることがあったが、いかんせん、まだ腕力では父に勝てず、ほとんど相手にされなかった。そんなとき彼は無力感に打ちひしがれた。

結局、学校にも自分の居場所がなく、家にも居場所がなかった。それでこうして学校をサボっては、人目を忍んで山野を跋渉しているのだった。益良雄は今の自分を大川の底のヨシノボリのようなものだと思う。川底を這いまわる取るに足らぬ一匹の雑魚。そのヨシノボリは、にごりならにごりという淵しか知らないのだ。海はもとより、他の川さえ知らずに生きている。水圧は肌身で感じるものの、その行動半径はきわめて狭く、あまりにも世間知らずだった。益良雄はサケのような回遊魚となって海（＝都会）に出てみたいと思うことがあった。そうやって見違えるほど巨大な魚となってもといた川へと戻り、自分より小さな川魚どもを見返してやりたかった。

盤石の下に出た。垂直な崖のようにそそり立つ三十畳はあろうかという盤石には、真下から見上げると、のしかかって来るような威圧感があった。小湊村から山頂付近をふり仰いでわずかに見える、山がポッカリと口を開けたように見える場所がおそらくここに違いなかった。益良雄は坐禅でもするかのように、盤石の下の平らな石の上に胡坐をかいた。風が吹き、鳥が鳴いていた。それは常に肌身に感じ、いつも聞いていたものだった。益良雄の脳裡を、先ほど籠り堂で夢に見た野性的な女の裸体がよぎる。男根がみるみる勃起しはじめ、彼は思わず自らの股間に手をやった。

高校生になってから、益良雄は詩を書くようになった。詩集は小説ほど読まなかったが、自分の内部を表現しようとしたとき、自然とそれは口語自由詩の形をとった。たとえば、「デルタ」という次の詩もそうだった。

どんよりした曇り空は
地上のあらゆる生彩を
奪いとってしまうのだが
ここにひとつの例外がある

厳粛な杉林に囲繞されて
身動きのとれない
錯綜した
広葉樹林のデルタ

夏には繁茂する

においたつばかりに
鬱蒼と

秋には林立する
悲惨なまでに荒寥と
茶褐色に腐敗し……

驟雨のふりしきる
闇夜でさえ
抑えがたい欲望の炎が
樹々の梢を燃えさかり
太陽との
烈しい性交を夢見る
広葉樹林のデルタ

地上の
ありとある動植物が

死滅したようなこの一瞬（ひととき）
しぶとく　しかも確実に
生きのびつづける
例外が　ここにある

この広葉樹の森は、裏山の尾根の近くにあった。駅のホームや県道から見える逆三角形のこの森は、杉林に囲まれていたせいで秋にはそこだけが目立った。ブロンド娘の恥毛を逆さまにすれば、そんなふうに見えるのかも知れなかった。性器を空に向けた広葉樹のデルタ。そのデルタはいつも益良雄の目にとまり、淫（みだ）らな妄想を誘発した。広葉樹のデルタは太陽を誘惑し、挑発していた。それはまるで太陽との性交を望んでいるかようだった。欲望が性器の形をしていた。

杉林の急斜面で幼児や赤子を背負った夫婦ものを竹槍で突き落としたあと、近藤佐吉（こんどうさきち）と船戸良平（ふなとりょうへい）の二人は広葉樹の森の方へ向かった。先ほどの夫婦ものがやって来たのは、その方角だったからだ。そこはまだ偵察していない場所で、他にも部落民が潜んでいそうな気がした。

広葉樹の森に入って二人があたりを窺（うかが）っていると、その奥に人が潜んでいる気配がした。急いでそちらに駆け寄ろうとすると、七人もの男女がばらばらと目の前に現れ、百姓の二人とは反対方向に逃げ出した。そのうち一人は老婆で、その手を引いているのが若い女だった。その二人は明らかに逃げ遅れ、佐吉と良平の目と鼻の先にいた。

追いついた佐吉が若い女の足を竹槍で突く。竹槍は女の太腿（ふともも）に突き刺さり、女の絶叫が林間に谺（こだま）した。老婆の方は良平が突き、老婆は悲鳴をあげてその場に転倒した。太腿に怪我をした女はびっこを引きながら走って逃げた。佐吉はそれを追わず、二人して転倒した老婆にとどめを刺すことにした。二人が交互に竹槍をくり出す度に老婆は悲鳴をあげたが、その声はしだいに小さくなっていった。

しばらくすると女たちの悲鳴を聞きつけた百姓たちが数人、佐吉と良平に追いすがって来た。二人は老婆の後始末を遅れて来た百姓たちにまかせ、また新たな獲物を求めて広葉樹の森の奥へと突き進んでいった。

翌朝、裏山に逃げ込んだ小湊村のムラ人をいぶり出すために、山に火が放たれた。下草が燃え、杉林が燃えた。野火（のび）から立ちのぼる濛々たる白煙は、杉木立に隈（くま）なく立ちこめ、潜んでいたムラ人たちを次々にいぶり出した。杉林のなかで息絶えたムラ人は、そのまま焼かれた。杉林の外側で待ちうけていた百姓たちはいとも簡単に彼らを捕縛（ほばく）した。抵抗する者はすぐさま竹槍の餌食（えじき）となった。あちこちでムラの人びとの悲鳴が立ちのぼった。

町には薄日（うすび）が射し、川は陽光を照り返していた。製材所のトタン屋根も民家の瓦屋根もキラキラと光っていた。賀茂谷が一望できるこの場所で、益良雄（ますらお）は服を脱ぎ捨て、全裸になった。裸で仁王立ちになった彼は、脈打って勃起しはじめた男根を握りしめた。賀茂谷にいる人が山頂近くに全裸で立っている自分を人として認めることはないだろう。肌色の自分は山の一部となり、周囲の緑にすっかり溶け込んでいるに違いない。相変わらず鳥が鳴き、風が吹いている。益良雄は今、完全に自然の一部だった。

益良雄は赤く怒張した男根をしごきながら目を閉じた。自瀆は益良雄にとっては一種の瞑想だった。エロ本など必要ない。意識を集中させれば、そこに豊満な女体が現れた。彼は自らの昂りを受けとめてくれる女の肉体を想像した。

……益良雄は後ろから女を犯していた。臀部の思いがけぬ重量感にたじろぎながらも、彼は女を串刺しにしたい欲望に駆られて、腰を打ちつけた。女の喘ぎ声と肉と肉とがぶつかり合う卑猥な音がする。下腹部に目をやると、女と接合した自分の男根のつけ根が見え隠れする。彼はその部分に手を伸ばし、女とのつながりを確認する。粘液のぬめりが指先に残る。彼は前かがみになって、両手で女の乳房をつかむ。乳房を揉みしだき、乳首をつまんで刺激すると、女は喜悦の声をあげる。

亀頭の尖端から透明な液があふれていた。昂奮している証拠だった。しごくのをやめ、益良雄は傍らに生えていたサルスベリの低い木の股に男根をはさんで、ゆっくりと腰を動かした。動きを速めると男根が痛みだした。男根の腹にかすかに血がにじんでいた。

……益良雄は男根を引き抜くと、全裸の女の肉づきのいい両肩を鷲づかみにしてそのまま仰向けにし、蔽いかぶさった。女の顔にへばりつく長い髪を払いのけると、美形といってもいい顔立ちが現れた。女は目をつむっていたが、髪も眉も黒々とし、目鼻立ちがはっきりしていた。彼は女の両足を自分の両肩に乗せ、女の身体をほとんど二つ折りにして、ふたたび男根を深々と挿入した。女は喘いで、のけぞった。これ以上奥には行かないという所で、彼はゆっくりと腰をまわしてみた。回転に上下動を加えると、女の息づかいが荒くなり、喘ぎ声が一段と大きさを増す。

益良雄は女のぬめる膣のなかの感触に全神経を集中させた。彼がガムシャラに腰をふると、耳もとではっきりと女のよがり声がする。今にも弾けそうだった。彼は舌で女の赤い唇をこじ開け、舌と舌とをからめた。お互いの唾液を通わせている途中で、急にこわばり、彼は射精した。男根が女のなかでのたうちまわり、精液を血のようにドクドクと女のなかへとおくり込んだ。女も断続的に膣を痙攣させ、それに呼応した。際限もなく射精が続きそうだった。……

目を開けると、足もとの黒土におびただしい白い精液が飛び散っていた。精液は土に沁み込まず、いつまでも光っていた。益良雄は爪先で土を蹴って、その上にかけた。

杉林の急斜面を登っていて、思いがけず曲がりくねった峠道に出た。急勾配にもかかわらず、峠道のスギはしっかりと根をはり、重力にあらがうようにして直立していた。そのようなスギが群落をなし、杉木立にはやはり木洩れ陽が落ちていた。しばらくアスファルト道にそって歩いていると、眼前に一匹のニホンジカが現れた。鹿子斑の角のない牝鹿だった。牝鹿は突然の人間の出現に驚き、白いガードレールを軽々と飛び越えると、杉林の急斜面を落ちるように駆け下りていった。恐るべき身体能力だった。益良雄はガードレールに倚(よ)りかかりながら、しばし遠ざかるシカの行方を目で追った。

峠道を蛇行しながら下っていくと、杉林のなかに清冽(せいれつ)な小川が湧きだすように流れている場所があった。そこに群生するシダ植物は、熱帯地方のそれのように巨大だった。これほど巨大なシダ植物は、麓ではついぞ見かけたことがなかった。ふと益良雄はアスファルト道を歩く危険を感じた。こんな道を歩いていれば、やがてどこかでムラ人が乗った軽トラにでも出くわすだろう。そうすれば、黒い学生服姿の自分は怪しまれるに違いない。益良雄はシカのようにガードレールを跨(また)ぎ、杉林の奥へと突き進んで行った。

急斜面に位置する杉林を一陣の風のごとく駆け降りているとき、益良雄は自分が一匹の獣になったような気がした。獣は全身全霊で自然に感応(かんのう)し、危険から身をまもる。生きるのは、本能だった。下闇のなかを、パチンコ玉のように幹から幹へと飛び移り、猛然とジグザグに疾走(しっそう)した。途中で緊張をゆるめるわけには行かなかった。ゆるめたとたん、バランスをくずして、もんどり打ち、幹に激突するのは必至だからだ。益良雄は無意識のうちにうなり声をあげていた。咆哮(ほうこう)は自然に口から洩れた。風となり獣となった彼には、もはや思念はなかった。

祝部章一郎(はふりしょういちろう)は、庭先へ出て「肥え担桶(たご)」(小便を入れて馬に運ばせる細長い桶(おけ))大砲の脇に立ち、小湊川(こみなとがわ)の対岸を見た。

対岸には奥小湊村へと続く村道があり、その道の向こうにはせり上がるようにして下小湊村があった。川沿いの村道は、すでに賀茂谷から来た百姓たちでびっしりと埋め尽くされていた。百姓たちの数はなおも増えつづけ、道からあぶれた者たちは、下小湊(しもこみなと)村の田圃に群れていた。下小湊村は、小湊川を軸として、わが小湊村とちょうど線対称をなしていたが、百姓のなかには雛壇(ひなだん)のようになっている下小湊村の小高い道から「高見の見物」を決め込む横着者(おうちゃくもの)の姿もあった。

一昨日は「一般」のその下小湊村でも犠牲者が出た。賀茂谷の百姓たちは、ここへ来る道すがら、村々の戸長や副戸長の居宅を襲い、出来たばかりの学校を破壊したのだが、下小湊村でも戸長・副戸長宅など三件が打ち壊しに遭い、酒に酔った百姓たちが浜田という副戸長の酒蔵に侵入して、清酒約二五石(こく)(一石は十斗、約一八〇リットル)を小湊川に流すという乱暴狼藉(ろうぜき)をはたらいたのだ。その時の様子を見ていたムラ人の証言によれば、普段は使われていない浜田の水車が流れ出す清酒の勢いでクルクルと回り、小湊川の魚が白い腹を見せて流れていたという。

われわれの側からすれば、この度の百姓一揆の発端は明らかだった。一昨年、つまり明治四年に新政府が出した布告である。後に「解放令」と呼ばれる布告には次のように書かれていた。

穢多(えた)非人(ひにん)等の称廃せられ候条、自今(じこん)身分職業とも平民同様たるべき事たったこれだけの短い布告が、われわれ被差別部落民を一千年の軛から解放したのだ。この「解放令」こそは、穢多よ非人よとさげすまれ、屈辱にまみれた暗黒時代に射し込んだ一条の光明だった。「平民同様」。この言葉がわれわれをどんなに喜ばせたことか。われわれにとって最も身近な「平民」は百姓だ。われわれを常に目の敵にし、事ごとに虐げてきたのも、この百姓だ。布告によって身分も職業もこの百姓たちと「同様」になったのだ。これが喜ばずにいられようか。

しかし、百姓たちにはそれが面白くなかった。われわれの喜びの源こそが、彼らのとっては不満の元凶だったのだ。県庁に対する彼らの要求の筆頭は、「穢多従前通りの事」だった。つまり、われわれを布告前の状態に戻すことである。百姓たちの要求は他にもあった。年貢軽減とか検地取り止めといったいかにも百姓らしいものもあれば、徴兵・学校・断髪といった新政府が打ち出して来る施策に反対するものもあった。反対と言えば、「屠牛」などもその一つで、これなどはわれわれ被差別部落民の暮らしに大きく関わるものだった。なぜなら、全国に散在するわが同胞の主たる生業は、昔から斃牛馬の処理であり、「屠牛」の仕事もその一部だったからだ。どのムラにもたいてい「屠牛係」という者がいた。

百姓たちの要求をのめば、打ち壊しや焼き討ちをまぬがれるかわりに、一札の詫状を入れ、県庁に強訴する一揆勢のお先棒を担がねばならなかった。百姓たちの圧力に屈して他のムラが次々と陥落して行くなか、わがムラだけはそれをキッパリと拒絶した。その結果が、この籠城戦である。城こそないが、ここに二門の「大砲」がある。「大砲」の威力は、絶大だった。黒光りする「大砲」を前にして、百姓たちは怖気づき、幅わずか三間ばかりの小湊川を越えて来られぬのだった。すでに小湊川の橋は切り落してある。川を越えて対岸へと渡り、ムラの麦畑に侵入しようものなら、「大砲」が火を噴くに相違ないと思い込み、ずっと二の足を踏んでいるのだ。二門の「大砲」の後ろで焚いているもみ殻からは二筋の白い煙が立ちのぼっていたから、遠目には今にも火を噴きそうに見えるに相違ない。

しかし、この膠着状態はそんなに長続きはすまい。所詮は「虚仮おどし」にすぎないのだ。誰かに「肥え担桶」大砲と見破られれば、百姓どもは怒濤のごとくわがムラに押し寄せてくるだろう。決戦の火ぶたが切って落とされたあと、どのくらい持ちこたえられるか。それが問題だ。すでに女子どもは裏山に逃がしたが、いずれは戦う男たちも山に逃がさねばなるまい。章一郎は、正面の敵を睨みすえながら、腕組みをして脱出方法を思案した。

祝部一統の者として賀茂川の河原に引っ立てられながら、浅香八郎は自分が手習師匠として寺子屋で教えたムラの子どもらの姿を思い出していた。漢詩文を素読する子どもらの溌溂たる声が教場に響いている。

「身体髪膚、之を父母より受く。敢へて毀傷せざるは孝の始なり。『孝経』」と半紙に書かれた文字を字突き棒で指しながら一文ずつ八郎がよく響く太い声で音読すると、子どもらも元気よく大声を張りあげてそれに続く。「子曰く、学びて思はざれば則ち罔く、思ひて学ばざれば則ち殆うし。『論語』為政篇」と訓読すれば、子どもらも鸚鵡返しに音読する、という具合だ。
腹から声を出す素読自体に意味があるので、漢文の意味は敢えて詳しく教えなかった。前者なら「親からもらったその身体、傷つけないのが親孝行、という意味じゃ」というくらいの簡単な説明はする。後者なら、「知ること（学ぶ）と考えること（思う）の釣り合いが大事。どっちに偏ってもいけん。――まあ、そんな意味じゃ」と説明する。しかし、それ以上はしない。漢文の意味は、子どもらが成長し人生経験を積みながら、てんでに少しずつ気づいていけばいいのだ。そのためにも、まずは漢詩文を何度も音読して、しまいには暗記させる。

子どもらに「読み・書き・算盤」を教えると、どうしてもそこに優劣が生じる。優等生は、教える側の人情としてやはり可愛いものだ。劣等生にも「気立てがやさしい」「力持ちで親孝行」「愛嬌があって憎めぬ性格」など何かしら取柄があってこれまた可愛いものだ。要するに、どんな子どもにも長所というものはあり、それを認めることが肝腎なのだ。

もう一つ八郎には持論があった。それは「人は幼少期の教育が最重要」ということだ。ゆえに、教え子が小さければ小さいほど師匠の責任は重大となる。大きくなってさらに学問がしたければ私塾にでも大学にでも行けば良いが、百姓でも旧穢多でもたいていの子どもらは寺子屋止まりだった。彼らにとっては寺子屋での手習こそが教養を身につける最初にして最後の機会なのだった。

八郎はもともと小湊村の住人ではない。村長の祝部章一郎に請われて手習師匠としてムラにやって来た士族だ。雇われたのは事実だが、別に銭金に釣られて来たわけではない。さりとて八郎に自由平等に対する開明的な思想があって自ら進んで来たわけでもなかった。有体にいえば、八郎は根っからの教育者で、教える子どもらがたまたま被差別部落の子弟だった、という話にすぎない。

だが、小湊村で暮らすうちに、八郎は「髭の先生」としてムラびとたちから親しまれ、自らもまたムラ人たちの哀歓を肌身で感じた。部落差別による心の痛みをわが事として理解した。気づけば何事につけムラ人たちの立場で物事を考えるようになっていた。もともと教育者としてムラ人たちから尊敬されていたことに加え、その該博な知識と気さくで分けへだてのない性格ゆえに、八郎は信頼され、彼に様ざまな相談事を持ちかける者も跡を絶たなかった。

自分の雇い主である祝部章一郎とは、やがて昵懇の間柄となった。肝胆相照らす仲、と言ってもいい。章一郎には漢詩文の素養があり最初から対等に話せたから、八郎には得難い友と言えた。しょっちゅう祝部家に出入りして章一郎と酒を飲み交わしながら語らっているうちに、その刀自のなみ、長男の良太郎、次男の章介、三男の和巳とも親しくなった。二十二歳の良太郎は、すでにもう立派な大人だった。十六歳の次男の章介は寺子屋に通う教え子の一人で、八郎は章介とその朋輩たちに五経の一部の『春秋』『礼記』などを講じていた。三男の和巳は五歳で、寺子屋に通うにはまだ幼すぎたが、ずば抜けて利口な子だった。この子に「読み・書き・算盤」を習わせたら、上達するのは間違いなかった。八郎は一、二年後の和巳の入塾が楽しみだった。

連れて来られた河原で、章一郎やその息子たち、それに杉浦泉蔵らと砂利の上に土下座させられているとき、八郎には一片の後悔もなかった。百姓たちを威嚇しつづけた「肥え担桶」大砲を発案したのは八郎だったし、一揆勢から教え子たちを一人でも多く逃がすべく事前に画策・実行したのも彼だった。八郎は、自分が百姓たちに祝部一統の者と見なされていることが、むしろ誇らしかった。常日頃「弱きを助け強きをくじく」と子どもらを諭したものだが、その自分が今「弱き」者の側にいるのは、きわめて当然のことだった。

益良雄は、淵に出た。

県道を超え、竹藪を突っ切って河原に出ると、そこには「にごり」と呼ばれている淵があった。竹藪がカムフラージュしていて、県道からはこの淵を見ることはできない。だから、部外者はこの淵の存在をほとんど知らなかった。

にごりは二本のたくましいうねりを持つ深緑色の淵で、対岸には花崗岩の白象のような大岩があった。川幅は約十五メートル、最深部の水深は四メートルくらいで、太いうねりが消えるあたりでは、いくつかの渦ができていた。にごりには、その名の通り、大水の時の濁流のイメージがあり、益良雄の眼前のにごりもまたそのような川としてあった。

そこでは毎年夏に一、二回、年かさの子どもたちによって神聖な儀式がとり行われた。「わたり」とよばれる儀式がそれだった。にごりに連れて行かれたムラの子どもたちは、そこで泳ぐ力と度胸を試されるのだった。一人で淵を渡り切った者は、その日を境に一人前と見なされ、年長者たちのどんな遊びにも加わることが許された。

　初めてにごりを目の当たりにした時のことを、益良雄はよく覚えている。そのときは今とちょうど反対側にある杉林の斜面を降りて、淵に出た。杉林の急斜面を下ると、コンクリートの水路に出る。翳ったその水路では、大きなコイが泳いでいた。水路を跨ぎ、茂みを抜け、白象のような大岩の背にのぼると、深緑色の淵が見えた。川面がキラキラと光を撥ねていた。彼はそこに二本の太いうねりを見た。それらはまるで並んで這っている二匹の大蛇のようだった。

　年長者たちは服を脱ぎ、次々に淵へと飛び込んでいった。彼らはみな多少押し流されながらも安々と向う岸に泳ぎつき、Uターンして大岩へと戻ってきた。中には戻らず、向こう岸に這いあがる者もいた。年かさの者らは、うねりの強さを計算して、上流に向かって泳いでいた。そうするとあまり流されずに、対岸にたどりつけるのだ。泳ぐ年長者たちは、いかにも楽し気だった。体から雫をぽたぽた垂らし、荒い息づかいで大岩に上がってくると、彼らはみなニコニコしていた。にごりは子どもらの「聖域」だった。

　初めての「わたり」で、益良雄は溺れた。渦に巻き込まれたのだ。屈辱だった。飛び込むとき、遠くの果樹園でカーバイドのカラス脅しが号砲のようになったのを覚えている。年長者が「一度溺れると泳げるようになる」というのは本当で、彼もその夏のうちににごりを泳いで渡れるようになった。

にごりに着いてまずすることと言えば、それは服を脱ぎ、ヨモギの葉を集めて石ですりつぶすことだった。打ちつける石の下からヨモギ特有の芳烈な香りが立ちのぼる。つぶれた葉で水中眼鏡の内側のガラスを磨いておくと、不思議とガラスが曇らないのだった。

にごりは川魚の宝庫だった。渡りながら水中を覗けば、モツゴやハヤの群れ、赤い腹をしたウグイの群れが見えたし、けっして群れないアユが矢のように泳ぐのも見えた。泡立つ落ち込みには斑紋が美しいヒラメ（ヤマメ）やイワナがいたし、淵の深みではウグイ、ニジマス、コイ、フナが悠々と泳いでいた。潜れば、川底にはドンコ、カジカ、ヨシノボリ、シマドジョウがいた。

にごりが遊び場になると、川魚をつかまえて、大岩の窪みで焚火をし、焼いて食べることもあった。誰かが家から醤油や塩を持ってきていたから、それらをかけて焼き魚を頬ばったものだった。上流から流れて来た半ば朽ちた木舟で仲間たちと遊んだこともある。

益良雄は裸足になって賀茂川の流れに足を浸してみた。山中を駈けまわって熱を帯びた両足に、冷たい水が心地良かった。川上でヒュルヒュルとカジカガエルの鳴く声がする。そのとき偶然にも頭上の木の梢からウグイスの澄んだ声がした。思いがけぬタイミングでの自然の声のコラボレーションに、益良雄は不思議な感動を覚えた。

やがて益良雄は河原に服を脱ぎ捨てて全裸になり、碧色の深みへと身を躍らせた。衝撃のような水の抵抗があり、一瞬、息が詰まった。水に潜ると、世界が一変した。こもった水の音がし、視界はぼやけ、冷たい水が隈なく全身をくるんだ。雨あがりのにごりは、ふだんより多少水かさが増し、少し不気味だった。それでも益良雄は、クロールをしながらうねりを乗り越え、対岸に見える白象のような大岩を目指した。


「この子だけは、章介だけは、どうかこらえてくれんちゃい」

なみが懇願する声が河原に響く。彼女は夫の祝部章一郎と長男の良太郎が百姓たちによって竹槍や石つぶてで殺されるのを、たった今自分の目で見たところだった。このうえ十六歳の次男・章介までが奪われるのは、なみにはどうしても耐えられなかった。

「私が身代わりになりますけん。この子だけは許しちゃって。」

なみの声は、ほとんど絶叫に近い。髪の毛を振り乱したその姿は夜叉のようだが、彼女にとって今はなりふり構ってはいられぬ状況だった。

「なにゅーよんなら。助けられるもんか。お前ら醜族は根絶やしにせにゃあいけんのんじゃ」

見も知らぬ百姓の冷酷な声が飛ぶ。なみの脳裡を夫・章一郎の最後の姿がよぎる。夫はまず河原に土下座させられ、「私が悪うございました」と謝るように強要されたのだった。夫がその通りにすると、次に「この場で腹を切って死ね」と怒号が飛んだ。

「それはできんけん」と夫が拒んだとき、「殺っちゃれ」という誰かの合図とともに石つぶてが夫に降りかかり、無数の竹槍の切っ先が飛んできたのだった。夫は半死半生のまま、賀茂川に放り込まれ、河原にあがって来ようとするところを、また竹槍で突かれた。それはまるで川に突き落としたネズミを串刺（くしざ）しにしていたぶるような残酷な光景だった。

　やがて夫は力尽きて動かなくなり、川に放り込まれたまま、ゆらゆらと川下へと流されていった。そして次は長男の良太郎の番だった。なみが何を言っても、百姓たちはとりつく島がなかった。良太郎もまた夫と同じ目にあい、川に放りこまれ、血を流したまま川下の淵へと流されていった。父のあとを追うかのように。夫と長男が流されていったその先の薄暗がりには、象のような大岩が白く浮かびあがっていた。

　惨劇のあいだじゅう、なみは無我夢中で泣き叫んでいた。そのことに気づいたのは、惨劇のあとだった。自分の顔が濡れ、ひどく声がかすれてしまっていたからだ。

　そして今、次男の章介が引き出され、百姓たちに謝罪させられていた。章介は青ざめていた。眼前で父や兄が殺される場面を見た章介は、自分の運命を悟ったらしく、もはや抵抗らしい抵抗をしなかった。石つぶてを雨霰（あめあられ）と浴び、竹槍で無残に突かれながら、

「お母ちゃん！」

と叫んだ章介の声は、なみの胸に鋭く突き刺さった。河原にへたり込んだなみは、なかば放心状態だった。それでも章介の最期（さいご）を見とどけねばならない、と彼女は意識の片隅で思いつづけた。目の前で次々に家族を殺される。自分はただそれを見ているしかない。これほど残酷な責め苦があろうか。斯様（かよう）な拷問（ごうもん）を受けながら、次々に希望を奪われながら、私はこの先まだ生きなければならないのか。いったい何のために……。

なみは世界から色というものがなくなり、モノクロの世界になったような気がした。（了）

【主要参考文献】

原田伴彦・渡部徹・秋定定嘉和監修、原田伴彦・上杉聰（さとし）編『近代部落史資料集成』第二巻「解放令」反対一揆（三一書房、一九八五年）
上杉聰『部落（むら）を襲った一揆　新装版』（解放出版社、二〇一一年）
加茂人権問題研究会編『明治六年美作騒擾を追って（現地研修資料）』（津山市加茂人権問題協議会・加茂人権問題研究会発行、二〇一六年）
河村義人『事実と虚構のはざまで』（千書房、二〇二二年）所収「幽冥にて」

エヴリンの幻影

なだらかな丘をおおう繊細な産毛は、冬の昼さがりの淡い陽射しをうけて、黄金に透けて見えた。金色に輝く産毛は、ときおり微風にそよぎ、丘の表面をしなやかに波うった。それはまるで黄昏どきの草原の燦爛にも似た美しさだった。

ふいに日が翳り、光耀が消えた。豊饒な大地と見えた丘は、瞬時にしてくすんだボタ山と化した。草原の輝きは残像となって、つかの間、目の奥にチラついた。

私は耳を澄ました。聞こえたのは、雫の音らしかった。屋根には雪が――昨夜来降り積もった雪が、解けかかって残っていた。その雪解け水が雫となって軒先からしたたり落ちている気配だった。

女が微かに身じろぎした。裸の女がそこに横たわっていることに、私は違和感を覚えた。女は私がかつて愛し、そして別れた相手だった。

私は女に浸透した。浸透した瞬間、女は呻き声をあげた。私が動きはじめると、女の息づかいは荒くなったが、喘ぐというほどでもなかった。女に腰を打ちつけながら、私は無意識のうちに《窓辺》の記憶をまさぐっていた。そのときも女は《窓辺》にいた。突然、昼が夜になり、暗がりのなかにうっすらと女の姿が見えてくる。

闇のなかで、女は微かに燐光を放っていた。

自ら発光しているように見えたのは、窓から射しこむネオンの光のせいだった。窓辺にうずくまっている彼女の素肌に、夜の街の蒼白い光が微かに映じているのだった。

女はぼんやりと窓の外を眺めていた。そこには、すでに人影もまばらな夜更けの歓楽街が横たわっているはずだった。通りを歩くアベックの姿が面白いのか、それともそこに酔漢のよろぼう姿でもあるのか、女は飽きもせず通りを見下ろしていた。女はひょっとすると、ふだんじっくりと見ることのない夜の街のたたずまいにただ見惚れているだけかもしれなかった。

闇に目が慣れてくると、窓辺に座っている女の輪郭がますます明瞭になってきた。女は明け方を思わせる薄明のなかにいた。しどけない横座り、というのが女の姿勢だった。乳房や腰など軀の随所にクッキリとした陰翳があり、光と闇のせめぎあいを感じさせた。長い間、女の姿勢はくずれなかった。

闇の奥に寝そべったまま、私は女を見ていた。ガウンのように光と闇をまとった女の軀は、それ自体魅惑的で見飽きることがなかった。洋画家が裸婦を描きたがる理由がわかる気がした。

伏し目がちの女の横顔のなかで、最も特徴的なのは、その口もとだった。女の唇は半ば開かれていた。その口もとからは、無邪気とも倦怠ともつかない女の無意識が顔を覗かせていた。その表情には見覚えがあった。

鏡のなかの俯きかげんの女の顔が、記憶の底から浮かび上がってくる。女の目は焦点を失い、唇は微かに開かれていた。酔ったせいか、女は明らかに放心していた。鏡ばりのその店は喧騒に包まれていたはずだが、その記憶には不思議と音がなかった。

不思議と言えば、音ばかりか時間の感覚もなかった。止まり木のような椅子に二人並んで座っていたが、その正面の鏡に映った相手の顔を、ほんの一瞬盗み見ただけだったのか、それともしばらくの間凝視していたのか、それすら曖昧だった。ただその直後に一瞥した自分の顔の異様さだけは、嫌悪感とともに記憶の底に残っていた。

室内が明るみ、私は素裸の肩先にわずかな気温の変化を感じた。目を開けると、裸の女も緑の絨毯も元の明るさを取り戻していた。女は白く、緑色の絨毯に映えた。私は唇で女の口を封じ、自らも目を閉じた。

その女――ケイとはじめて会ったのは、W大学の南門だった。「高田牧舎」のある、あの南門だ。私は大学の本部キャンパスに入ろうとし、彼らはそこから出てくるところだった。「よう、ハヤト」そう呼ばれて声の方を見ると、クラスメートのツヨシがいた。ツヨシの後ろには女の子が二人いた。私が彼女たちの方を見ると、ツヨシは「妹だ」と紹介した。そのうちの姉の方が、ケイだった。ケイと妹は、恥ずかしそうに会釈した。「尾見隼人です」と私は自己紹介した。女の子二人はよく似ていて、印象はまるで双子のようだった。ツヨシとは近々復刊する文芸同人誌のことなどを少し立ち話して、その場で別れた。別れ際、ツヨシは「上の妹が大学受験でな。ここは受験校じゃないけど連れてきてやったんだ」と言った。

二度めにケイと会った場所は、ツヨシのアパートだった。大学の帰りに私と数人の友人たちはツヨシのアパートに立ち寄った。そのアパートは大学の近く、夏目坂(なつめざか)付近にあった。われわれが雑談しているところへ、妹のケイが帰ってきた。大学一年生になっていたケイは、家に上がるとわれわれに挨拶した。ケイは黒いタイツを穿き、グレーのコートを着ていた。彼女は、女子大のクラスメートたちと一緒に東京ディズニーランドに行ってきたところだ、と言った。一年ぶりに見るケイは、ハッとするほど美しかった。見違えるようだった。ツヨシたちとは新しい文学サークルを作ったばかりだったから、その後も仲間とサークル運営の話や文学談義、芸術談義をしていたはずだが、私はもう上(うわ)の空だった。隣りの部屋に入っていったケイのことが気になっていたからだ。

駅近くの喫茶店「ルナ」で、はじめて私はケイとまともに言葉をかわした。向かい合ったケイは、緊張のせいかまばたきする回数がやけに多かった。話題は、おたがいの大学の話、サークルの話(ケイは華道部に入っていた)、ツヨシの話などが中心だったと思う。彼女はしきりにしばたたき、私はむやみにタバコを吸った。その晩、ケイはアパートでの夕食に招待してくれた。二人がアパートに着くと、ツヨシが待っていた。ケイがまめまめしく立ちはたらいている間、ツヨシと私はビールを飲みながら世間話に興じていた。ケイが運んできたのは手羽元の煮込み料理だった。三人でコタツをかこんで夕食がはじまった。ケイの手料理はおいしく、家庭的な味がした。

冬休みになってお互い帰省した時、私はケイに手紙を書いた。それは年が明けたら一緒に山の湖に行こうと誘う内容の手紙だった。そのなかで私はインドの詩人タゴールの詩を引用した。そのひとりの王子が「河が湖と逢うあたりの森」で水とたわむれるひとりの村の乙女と出会う。その乙女を王子はひそかに「笑いずきな滝の妖精」だと思う。そんな内容の詩だ。

その山の湖に、私は以前ひとりで行ったことがある。何かの小さな記事でその湖のことを知ってからというもの、いつかはそこへ行ってみようとひそかに決めていたのだ。大学の授業もアルバイトもないある日、私は電車を乗りついで郊外の山の湖へと向かった。途中までは都会の印象だったが、電車が川ぞいを走りだすと景色が一変した。思いがけず、そこにはひなびた渓谷の風景が広がっていた。進行方向の右手には山がせまり、左手の眼下には蛇行する川とそれにそったアスファルト道、それらの向こうには低い山並みが続いていた。それは私に故郷のローカル線の車窓から見た景色を思いださせた。

終着駅で下車すると、バスに乗りかえた。そのバスが山の湖へと向かうのだ。湖でバスを降りた。湖はダム湖だった。ダムの上の道を抜け、湖の周囲の遊歩道を散策した。季節は秋で、遊歩道のまわりの森は鮮やかに色づいていた。私は湖の奥の沢のあたりまで歩いた。その辺がちょうど「河が湖と逢うあたり」で、とても静かだった。鳥の声とせせらぎの音がした。私は一人小さな橋の上に立ち、眼下の谷川を見おろした。しばらく谷川の流れを眺めた後、私は道を引きかえして、帰途についた。

その日、都内で車を借りた私は、その足でケイを迎えに行った。ケイは約束した時刻にアパート近くの大きな通りの路肩で待っていた。その時もケイはグレーのコートに黒タイツという服装だった。ケイを車の助手席に乗せると、私は青梅街道へと向かった。その道をひた走れば、山の湖へと行くのだ。

湖に着くと、われわれは車を降りて遊歩道を歩いた。湖面は寒々としており、湖の周辺は冬枯れの景色だった。遊歩道の周辺には、ところどころに雪が残っていた。会話は途切れがちで、ともすると並んでただ黙々と歩いているような感じだった。ふたりは湖の奥の沢まで歩き、小さな橋の上で谷川を見おろした。そこでどんな会話をしたか、もう覚えていない。覚えているのは、やはりせせらぎの音と鳥の声だけだ。橋の上で私は用意していた言葉をケイにささやいた。

――I'm always thinking about you.（いつもきみのことを考えてるよ。）

そう言うと、ケイを抱きすくめ、キスした。ケイの身体から、水がこぼれるように力が抜けていくのがわかった。キスをしながら、私は重くなった彼女の身体を両腕で支えた。せせらぎの音も鳥の声も、もう聞こえなかった。

そのようにして、私はケイとつき合いはじめた。ケイとつき合うようになったとツヨシに告げたとき、彼は笑いながら「おれはタカシの方が良かったな」と言った。私はツヨシのセリフに苦笑した。タカシはドイツ文学専攻の同級生で、文学サークルのメンバーのひとりだった。彼は私たちの同人誌に小説を書いてくれてもいた。ツヨシは彼とも親しかった。

上海（シャンハイ）への留学が決まったのは、ケイと山の湖に行った後のことだ。ケイと再会した頃、私は日中親善協会が主催する留学試験を受けていた。当時、W大学の文学部で中国文学を専攻していた私は、中国の大学で現代中国文学を学んでみたいと思った。留学期間は一年間だった。上海のF大学に留学している間、W大学は休学する。大学四年の夏に行って、また四年の夏に戻ることになる。私は親やケイ、親しい友人たちにその結果を知らせた。

数日後、私のアパートに遊びに来たケイは、バッサリと髪を切っていた。ショートカットにした理由をたずねると、私の留学を現実として受けとめるためにそうした、とこたえた。そのとき、私は留学先になぜ上海を選んだのかをケイに話した。「魔都（まと）」と呼ばれた上海は私が好きな詩人や戦後文学者たちと深いかかわりがある国際都市であること。風光明媚（ふうこうめいび）な「江南（こうなん）（揚子江下流の南側のエリア）」の地に以前から憧れがあり、上海は蘇州（そしゅう）、杭州（こうしゅう）、紹興（しょうこう）といった江南地方に行くのに最適な場所であること。留学先の上海のF大学に対する興味……。私のそんな話をケイはベッドに腰かけて黙って聞いていた。ケイの大きな目からはポロポロと大粒の涙がこぼれていた。

それからというもの、普通の若い恋人たちがそうするように、私たちは様ざまな場所でデートをした。ケイは映画が好きだったから、映画館によく映画を見に行った。各地の行楽地に行くことも多かった。古刹（こさつ）めぐりとか日本庭園めぐりさえした。今思えば、半年後の留学というタイムリミットが、無意識にお互いの行動に拍車をかけていたような気がする。

ふたりで山あいの温泉に行ったのは、梅雨（つゆ）時分のことだ。その時のことは、よく覚えている。

バスを降りた途端、私は烈しく噎せた。濃密な、森の香のせいだった。眼前には、巨大なブロッコリーのような森があった。鬱蒼と生い茂った広葉樹の森。ふたりが立っている場所は、まるで森の底だった。深い森のなかに温泉があること——それが私を驚かせた。

光が撥ねていた。風にそよぐ樹葉の一枚一枚に、川面の波立ちの一片一片に、まばゆい夏の光が乱反射していた。外気は梅雨らしく蒸し暑かったが、渓流からはオアシスのように涼気が立ちのぼっているようだった。流れる水は澄み、川底の石が透けて見えた。立ちどまって凝視すると、敏捷に泳ぐ魚影が見えた。

頭上からは蟬しぐれが降りそそいでいた。それは瀬音と混じりあってあたりを領しており、森全体がどよめいているようだった。広葉樹の森は、渓流に向かって、なだれ落ちるように厚く繁茂していた。

その小説家の石碑は、ホテル近くの山のなかにあった。私は夭折したKという小説家が好きだった。肺結核を患っていたKは、この温泉で湯治療養し、その頃の体験に根ざした美しい作品をいくつも残した。石碑に刻まれていたのは、彼が先輩作家に宛てて書いた手紙の一節だった。温泉地の春の到来を告げるその文章は、やはり美しかった。様ざまな花が次々にほころびる様子が目に見えるようだった。

夜になると、広葉樹の森はさらに存在感を増した。ホテルの部屋のベランダからは渓流が見下ろされ、その対岸に広葉樹の森があった。森のなかを県道が通っているようだったが、森の壁が厚すぎて車のヘッドライトや外灯の光はこちらまでほとんど届かないのだった。

暗がりのなかで私はケイと交わっていた。窓を閉めているのに、かすかに瀬音が聞こえた。闇のなかに白い滝のすじが見えるようだった。やがて私は臨界点に達し、ケイのなかで、吶々（とつとつ）と、ケイを呼んだ。すると、驚いたことに、ケイはそれに何度か応（こた）えてきた。呼べば、応える。他では誰とも味わったことのないその絶妙な呼応を、私は忘れることができない。

上海に出発する前日の午後、私とケイは新宿で空港行きのリムジンバスに乗った。バスターミナルには二人のサークル仲間が見送りに来てくれた。二人に別れを告げると、私たちは一路郊外の空港へと向かった。翌朝の出発にそなえて、留学生たちは空港近くのホテルに前泊することになっていたのだ。ホテルの一室にチェックインすると、私たちはすぐにキスし合い、ベッドに倒れこんだ。その後は、寸暇を惜しんで、愛し合った。夜がふけ、泥のように眠り、夜が明け、出発の時刻が近づいた。私はそのとき、平安貴族の愛し合う男女が味わった《後朝（きぬぎぬ）の別れ》という感情を理解した。

留学生活が半年をすぎた頃、ケイは上海へとやって来た。

その日の夕刻、私は郊外にある上海の空港にケイを迎えに行った。ゲートから現れたケイは、白のブルゾンに薄い色の細身のジーパンという出（い）で立ちだった。私たちはバスに乗って黄昏（たそがれ）どきの上海の街をすぎ、黄浦江（こうほこう）ぞいの外灘（ワイタン）を目指した。

旧共同租界の街並みは、夕闇の底に沈みかけていた。外灘――通称「バンド」。ホテル、銀行、商社、税関、人民政府といった西洋建築群は、すでに黒々としたシルエットとなり、オレンジ色の街灯が道路を照らし出していた。そのなかを一様にオレンジ色に染まった乗用車、蛇腹(じゃばら)のトロリーバス、自転車、中国人などが慌ただしく行き交った。

アール・デコ風の三角屋根のホテルで夕飯を食べた後、私たちはホテルでタクシーを拾って郊外のF大学の留学生寮へと向かった。そこでふたりを待っていたのは、日本人の留学生仲間の予期せぬ「歓待」だった。友人たちの好奇の目にさらされながら、ふたりはしばらく友人の部屋で酒を飲み、夜半にそこを辞した。

私の部屋に入ってドアに鍵をかけると、ケイはベッドに腰かけた私の頭を両手でやさしく包むようにした。そして、耐えかねたように狂おしくキスしてきた。火照(ほて)った唇。身もだえする仕草。ケイのほとばしるような情熱に私は圧倒された。私は舌をからませ、彼女の腰を強く引きよせて、その激情に応えた。その夜のケイは大胆で、それほど奔放なケイを見たのは、そのときがはじめてだった。壁につけた木のベッドはギシギシときしみ、私は左ひざを壁ですりむいた。

翌日の夕方、私たちは寝台列車で桂林へと向かった。

軟臥(ルワンウォ)。寝台列車のコンパートメント(個室)の客は、私とケイのふたりきりだった。部屋には上下二段で四つのベッドがあった。ドアに鍵をしめ、ふたりは上段のベッドで抱き合った。とっぷりと日が暮れ、室内にも夕闇がしのびこんできた。ケイの肌からは甘い香りがした。

どのくらい時間が経っただろう。突然、ドアをノックする音がした。
私は身をかたくして、返事をしたものかどうか、一瞬迷った。そして、しないことにした。緊張したケイは、手さぐりで下着を身につけはじめた。私は闇のなかで物音に意識を集中した。ドアをノックした人物はその場を立ち去る気配もなく、ノブをまわしていた。施錠されていると知るや、その人物は鍵で解錠した。自分の肩越しに一瞥すると、ドアの入り口に私たちをここに案内した女性服務員が立っていた。

その服務員は通路に立っている男性に向かって、先客が上の二つのベッドで寝ているようだからあなたは下で寝るように、と中国語で言いのこしてその場を去っていった。手荷物をさげた客は初老の男性のようだったが、顔はよく見えなかった。私は肘枕（ひじまくら）をして横向きに長々と寝そべり、ケイが見えないようにカムフラージュした。

下の乗客は「先客」に遠慮してか部屋の電気をつけず、開け放ったドアから洩れる通路の明かりを頼りに寝支度（ねじたく）を整えドアを閉めると、ベッドに横になったようだった。ふたたび訪れた暗闇のなかで、私は横臥（おうが）、ケイは仰臥（ぎょうが）といった姿勢でしばらくじっとしていた。ほどなく下の乗客の小さな鼾（いびき）が聞こえだした。鼾が確かなものだと判断して、私とケイは手さぐりで服を身につけた。私はケイにキスをすると、ゆっくりと階段を降りていった。

下のベッドで寝る前に、私は窓のカーテンを少し開けてみた。そこに見えたのは、深夜の駅のプラットホームだった。どこかの駅の構内に列車は止まっているらしかった。青白い外灯の光が線路に落ちていた。人気はなかったが、それでもときおり駅員らしい声がホームに響いた。
約半年ぶりに会ったケイを、私は桂林や蘇州、杭州、紹興へと連れて行った。桂林には、ラクダの瘤のような山とか鍾乳洞といったカルスト地形独特の景観がある。それをケイに見せてやろうと思ったのだ。また、蘇州・杭州・紹興は揚子江の南、すなわち「江南」だから、「江南の春」を見せるのが目的だった。

ふと蘇州で見た《窓辺》の記憶がよみがえる。

夜が更けてふと目ざめると、遠くから物売りの声が聞こえていた。何を売っているのか定かではなかったが、街の辻々を何か食べ物を売り歩く声のようだった。男のやや甲高い声は、どことなく哀愁を帯び、妙に懐かしかった。その声は、いったん私が宿泊するホテルの前に近づいて通りすぎ、しだいに遠のいていった。私はベッドから起きあがって窓を開け、通りを見まわしてみた。しかし、すでにそこには物売りの姿はなかった。

月光のなかに、夜半の蘇州の街があった。隣家の黒ずんだ屋根の甍が、月の光を鈍く反射していた。街を経めぐっているクリークも、水面に月の光をたたえて寝静まっている気配だった。「牀前　月光を看る／疑うらくは是れ　地上の霜かと」という詩の一節が浮かんでくる。李白の「静夜の思い」という五言絶句の一部だ。李白が描きだした「月下小景」は、私の眼前にある光景とよく似ていた。私はケイにもこれを見せようとベッドをふり返ったが、聞こえてきたのはケイの安らかな寝息だった。わざわざ起こすまでもない。私は窓を閉め、ケイの横にすべり込んだ。

私の気配を感じてか、ケイが無意識にすり寄って来る。私はケイを横抱きにし、ふたたび眠りについた。

数日後、ふたりは上海の旧フランス租界にある閑静なホテルの一室にいた。カーテンは閉め切っているので、部屋のなかは薄暗い。それでもお互いの姿はよく見えた。仄暗闇（ほのぐらやみ）のなかで、私に乞われるまま全裸になったケイが、そこに立っていた。長い首、ふくらんだ円錐（えんすい）型の乳房、淡紅色（たんこうしょく）の乳首、くびれた腰、燃え立つ灌木（かんぼく）、すらりと伸びた脚。全体にスリムだが、女らしい柔らかさは失っていない。ケイのたおやかな肢体（したい）は、今さらながら私を魅了した。

ケイはベッドに片肘（かたひじ）ついて横たわると、枕もとの照明のスイッチを入れた。淡い照明の光に照らし出されたケイの姿は、しなやかな牝豹（めひょう）のようだった。挑発的な眼差（まなざ）しと不敵な笑みが私をいざなう。上海で見た京劇の女優の仕種（しぐさ）をまねてか、おどけてシナをつくった手つきも妙になまめかしい。

眼前に、ケイの玄牝（げんぴん）があった。固く閉じた肛門も、濡れしょびた唇も、それを取りかこむまばらな灌木（かんぼく）も、感触としては馴染みぶかい品々だったが、こうして光に照らして仔細に眺めるのは初めてのような気がした。ケイの襞（ひだ）を舌でなめしていきながら、私はその裏側にひとつの非常に小さな黒子（ほくろ）を見出した。黒ずんだ桃色の肌に刻印された黒点を、私は眼と舌で愛玩（あいがん）する。赤味がかった襞（ひだ）の奥処（おくか）からは、滾々（こんこん）と透明な水が湧き出している。私の男根の鈴口（すずくち）からも、これと同じような透明な液体がこぼれているに違いなかった。

私はベッドの上に胡坐をかき、チベット密教の憤怒神のようにケイを抱いた。私に刺し貫かれると、女神は痛みをこらえるような苦悶の表情となる。眼前の赤い唇が、私を惹きつける。唇を重ねる刹那、私はケイの白い歯の隙間から吐き出される息を感じた。女神を貫いたまま、私は仰向けに横たわった。ケイの目を閉じた顔や細い肩、私の唾液に濡れた乳房が、目の前に見える。女神の玄牝は、私のうえでゆっくり確実に動き、私の男根を呑んでは吐き、呑んでは吐きした。

ふいにドアをノックする音が、つづいて部屋の鍵を差し込む音がした。

「ちょっと待って!」

私とケイは、ほぼ同時に中国語と英語で叫んだ。開きかけたドアが止まった。おそらく部屋の清掃に来たホテルの従業員だろう。客たちの声に驚いた服務員は、そのあと何も言わずにドアを閉め、その場を立ち去っていった。


カーテンが開け放たれた窓からは、まばゆいほどの白い春の光が射しこんでいた。鏡の前で化粧をするケイの大きな瞳がみるみるうちに潤み、目頭にたまった涙が堰を切ったようにあふれだした。ケイは鏡のなかの私を見つめていた。大粒の涙がポロポロと頬をつたい、服に落ちた。

私はケイに近づき、細い肩に手をやってふり向かせた。泣きぬれたケイはかすかに私の名を呼んだ。私は答える代わりにケイを抱き寄せ、キスした。別れの時が近づいていた。もうじき空港行きのリムジンバスがこのホテルを出発する。唇を離すと、塗ったばかりの口紅の味がした。

七月だった。

一年間の上海留学を終え、私は日本に帰国することにした。日本では、ケイが待っている。私は再会が待ち遠しかった。

郊外の空港に着いたのは、夕暮れ時だった。到着ロビーで、私はケイの姿をさがした。ひしめき合う人ごみのなかに、ケイはいた。華やかな笑顔が出迎えてくれる。私はケイと短く言葉を交わし、手をつなぎ寄り添いながら都心へのライナーの乗り場へと向かった。

ライナーから電車を乗り換え、ケイの住むアパートに着いた頃には、あたりはもうすっかり暗くなっていた。留学中に引っ越したとは聞いていたが、そこを訪れるのは初めてだった。それは民家の二階を改造したアパートで、母屋の玄関とは別に外側に鉄製の階段がついていて、二階にのぼれるようになっていた。二階にはケイ以外にもうひとりＯＬ女性が住んでいるとのことだった。

ケイの部屋に着いてビールを飲むと、じわじわと日本に帰ってきたという実感が湧いてきた。ケイは冷蔵庫から刺身の盛り合わせを出してくれた。あと中国ではあまり口にすることができなかった食材、例えば絹ごし豆腐、もずく、ところてんなどもあったように思う。ケイの心づくしに感謝しつつ、私は日本料理の数々に舌鼓(したつづみ)をうった。この春、大手のスーパーに就職したツヨシが店の売り場で元気に働いていること、妹がこの春地元の大学に合格したこと、洋品店を営む父や母のこと……。そのような身内の話を、私はケイから聞いた。

その夜、私はケイに何を話しただろう。土産話ということなら、おそらく中国での留学生活のこと――半年はF大学の現代中国文学の講義を真面目に受けたが、あとの半年は講義をサボって中国国内を旅行ばかりしていた、というような話をしたような気がする。

その流れでいえば、上海を拠点に、北は北京、南は福建省の厦門、北西は新疆ウイグル自治区の烏魯木斉、南西は雲南省の昆明まで行った、という旅の話になったに違いない。四川省の成都から船に乗って、唐詩に名高い「三峡」を経て、重慶、武漢、南京、上海と「揚子江（長江）下り」をした話をしただろうし、敦煌、吐魯番、烏魯木斉といわゆる「シルクロード」のひとり旅の話もしただろう。そして、中国がいかに広大かということを旅のエピソードをまじえて話したはずだ。

たとえば、上海郊外の宝山という街に揚子江の河口を見に行ったとき、濁った海のような河のはるか彼方に目を凝らしてようやく対岸が見えたと思ったのだが、それがただの「中州」にすぎなかったこと。船で揚子江下りをしていて、武漢をすぎたあたりからは午睡から目覚めるたびに見た対岸の景色がいつもほとんど同じだったこと。夕陽を追いかけるようにして西へと向かう夜行列車に乗っていると、なかなか日が沈まなかったこと。……そんな話だ。

さらには、夜明け前の敦煌の駅舎で見た夜空――満天の星のなかに天の川がそれこそミルクをこぼしたように横たわっていたことを、感動を込めて話したに違いない。

食事を終えると、ふたりはアパート近くの銭湯に行った。連れだって外に出ると、暗闇に黒ぐろとした樹影を感じた。聞けば、それはその家の庭にある大きなケヤキの木らしかった。その木の巨大な闇に私は奇妙な安堵感をおぼえた。

月光に照らされた砂漠が、眼前にはてしなく広がっていた。砂漠は蒼白い幽かな光につつまれていた。場所によっては、光が闇を凌駕し、闇が光を侵食していた。全体的にまどかな砂漠には、目を凝らしても風紋ひとつ植物ひとつ見あたらなかった。私は暗黒に白く浮かびあがる砂漠の光景から目を離すことができなかった。闇に溶けかかったような微妙な仄暗さが不思議だった。ぼかしたような繊細な色合いを見つめていると、気が遠くなりそうだった。

私はある友人の言葉を思い出した。絵や詩を書くその友人は、あるとき女体を砂漠にたとえたことがあった。「そこには《無限》があったよ」と、その友人は言った。夜、薄暗がりのなかで恋人でもない女を愛撫していて実感したという友人の言葉は、どうやら真実らしかった。ベッドに横たわるケイの裸身は、確かに《無限》だった。少なくともそこには《無限》を感じさせる何かがあった。

私は敦煌で見た砂漠を思い出した。ホテルの窓から見えるその金色の砂漠には、千仏洞という仏教遺跡と月牙泉という三日月形の泉があった。黄金に染まる朝の砂漠を遠望しながら、私はそこに行く決心をした。

月牙泉にたどりついたとき、その泉は夕闇につつまれていた。砂まじりの風を背にうけて、わたしは砂丘の高みからそれを見下ろしていた。その名の通り、確かにそれは三日月形をしていた。へこんだ輪郭にそって緑があった。夜の帳がおりると、そのオアシスは砂漠の底に黒ぐろと沈みこんだ。やがて月がのぼった。雲に隠れていた月が出たのかもしれない。月はちょうど月牙泉の上に落ちた。私は茫然としてふたつの月を見ていた。

風か砂が、微かに鳴っていた。私は一握りの砂を何気なく手にとり、指の股からこぼしてみた。太古の昔からくり返し陽にあぶられ、風にもてあそばれ、闇になだめられてきた砂。まだ月は出ていたが、もう泉の上にはなく、泉があった場所には黒々とした闇が横たわっていた……

私は闇に手を伸ばし、ケイの軀にふれた。少し汗ばんだ肌は、しっとりと手に吸いつくようだった。闇のなかでケイが微笑んでいるのがわかった。私は指の腹で肌理を確かめるようにゆっくりと手を動かし、ケイを愛撫した。

私はW大学に復学し、卒論を書きはじめた。卒論は、明末清初の異端思想家の人物論だった。彼は儒教と仏教との接点に位置する思想家で、面白いことに回族出身だった。その著書や翻訳、先行論文にはすでにザッと目を通していた。あとは机に向かって書くだけだった。

私は大学院に進むつもりだったから、ほとんど就職活動はしなかった。上海にいた時分に、企業派遣の留学生の縁故で、ある証券会社から誘われていたが、まったく乗り気にならなかった。唯一の例外は、大手新聞社を二社受験したことだ。おそらくジャーナリストに対する漠然とした憧れがあったためだろう。結果は二社とも不合格だった。
そんな合間を縫って、アルバイトもしたし、ケイとの逢瀬も重ねた。夏の終わりには、以前一緒に行った森の奥の温泉にふたたび旅行さえした。またW大学の講義をケイと並んで聞いたこともある。授業が終わると、空いている教室や近くの神社の境内に行って、ふたりはキスをした。

私は卒論を書き上げ、提出した。年が明ければ、いくつかの大学院の入試がある。国立のT大学には習いたい教授が一人いた。それから母校のW大学、都立大学の順に受ける手筈だった。

ある朝、ケイの部屋で目覚めた私は、カーテンと窓を開けて何気なく外を覗いてみた。起き抜けの目に飛び込んできたのは、一面の雪景色だった。大家の庭も道路も線路も雪におおわれ、曇り空のわりには妙に明るかった。明るい空からは、綿雪がふわりふわりと舞い降りていた。私は幼少時、明るい空から降って来る雪を舌で受けたのを思い出した。

私はケイを起こした。起きてきたケイと私は、しばらく窓の外を一緒に眺めた。雪国育ちのケイには雪景色が懐かしいだろう、と私は思った。下の庭から子どもたちの歓声が聞こえてきた。滅多に積もらない雪に都会の子どもたちがはしゃぐのは当然だった。

T大受験の結果は不合格だった。のみならずW大学も都立大学もそうだった。気づけば、卒業式が目前に迫っていた。大学院浪人という選択肢はなかった。私は途方に暮れた。

大学卒業を目前に控えたギリギリのタイミングで、私は一社、内定をもらった。その会社は旧財閥系のエンジニアリング会社だった。当時、親戚がその会社の人事部の役員をしていた関係で、そのような芸当ができたのだった。たまたまW大学の内定者が一名入社直前に内定辞退した、という先方事情もあった。「旧財閥系」という点に心理的抵抗があったが、背に腹はかえられず、私は四月からその会社で新入社員として働くことにした。

エンジニアが中心のその会社で、私は人事部に配属された。親戚の役員の庇護(ひご)下に置かれたということだろう。私は研修と採用の担当者を命じられた。どちらも私にとっては目新しい仕事だったが、とりわけ人事担当というのは奇妙な感じだった。私は入社するまでその会社のことはまったく知らなかったのに、そんな私が何年もその会社にいるような顔をして、これから新卒採用に当たるのである。私は自らの立場に苦笑せざるを得なかった。

私の就職をケイは素直に喜んでくれた。とにかく宙ぶらりんの状態だけはまぬかれたので、私も内心ではホッとしていた。卒業するとまもなく新入社員としての生活が始まった。新しいスーツに身を包んでの仕事は、それなりに新鮮で面白かった。一方、ケイは大学四年生になり、卒論の準備をはじめた。日本文学専攻のケイは、王朝文学をそのテーマに選び、恋多き宮廷女性の自伝的小説について調べだした。

研修担当の私は、社内で英会話教室と中国語教室を企画・運営することになった。語学研修のリーダーは外大出のO部長だったが、この人はスペイン語で聞いたものを即座に英語に翻訳してタイプアップできるという語学力の持ち主だった。スケジュール作成、生徒募集、講師選定などを行なって、いよいよ英会話教室がはじまった。講師はＯ部長の知り合いの白人と黒人のアメリカ人男性二名だった。オブザーバーを兼ねて、私も授業に参加した。英会話の授業は面白かった。私はアメリカに留学経験がある同僚が話す英語から、「つなぎ」「相槌」といった何気ない表現が意外と重要だということを学んだ。

英会話教室が軌道に乗ると、中国語教室もはじめた。初心者向けの日常会話を教えるその教室の講師は、私がＷ大学で中国語を習った王老師（先生）という中国人女性にお願いした。王老師には『ビジネス中国語会話』という著書があったから、普通の中国人や台湾人の先生よりは会社に向いているだろうと思ったのだ。王老師は快く引き受けてくださり、「私が忙しい時は、娘に行かせます」と言って、娘さんも来て下さることになった。私は最初の授業にだけ顔を出し、あとは中国人の先生方にお任せした。

私が就職した年の夏、ツヨシが結婚した。相手は同じ会社の同僚の女性だった。結婚する前に、ツヨシは彼女を私に紹介してくれた。ほっそりとした大人しいその女性は国立の女子大を出た才媛らしかった。結婚式はＷ大学にほど近いチャペルのある式場で行われた。式、披露宴、二次会と何事もなく終了したが、二次会の帰り道、ちょっとしたアクシデントがあった。

私は大学の文学サークルの後輩たち数人と地下鉄で帰るべく、階段を降りていた。後輩たちはみなＷ大学の学生だった。そのとき、ひとりの後輩が私の同期のメンバーを侮辱するような発言をした。それを聞いた途端、私は階段の踊り場で彼を殴り倒していた。殴りながら、思わず方言が出た。「馬鹿野郎」という意味の方言を口走りながら、私は転んだ相手に蹴りを入れた。他の後輩が止めに入り、私を後ろから羽交い絞めにした。

それだけの話だ。断っておくが、私はさほど粗暴な性格ではない。人を殴ったのは少年時代以来のことだ。殴ったあと、自分の暴力に驚いたほどだ。殴られた後輩にしても、おそらく同様だったろう。親にも殴られたことがないような彼には、咄嗟には何が起きたか理解できなかったかも知れない。高名なドイツ文学者でもある詩人を父に持つその後輩は、大学ではフランス文学を専攻していた。彼が書く嫋々とした小説は私の好みではなかったが、そこには文章表現の相当な技倆が認められた。

その彼が私の同期でドイツ文学科を卒業し高校の英語教師になった友人を私の前で侮辱したのだ。理由如何ではなかった。後輩の口から友人の悪口を聞かされる――そのこと自体がどうしても我慢ならなかった。

暴力というほどでもないが、暴力のにおいがする出来事なら他にもあった。

ある晩、私はケイのアパートに行った。その日ケイはアパレル関係のアルバイトをすると言っていたので、私はケイの部屋で彼女の帰りを待つつもりだった。

しかし、その夜ケイはなかなか帰って来なかった。ついに私は痺れを切らして、自分のアパートに帰ることにした。ところが、駅まで歩くと気が変わり、駅前の酒屋で一瓶のウォッカを買うと、ケイの部屋にまた引き返した。

私はひとりでウォッカを飲みながら、ケイの帰りを待った。部屋の明かりを消し、TVも消した。室内灯のヒモが目の前に垂れさがっていた。それと知れるのは、ヒモの先端に蛍光色に光る小さなすべり止めのプラスチック片があったからだ。

私は闇に光るそれを的に、座ったままの姿勢でシャドーボクシングをはじめた。右ジャブ、左ジャブ、フック、右ストレート、左ストレート、アッパーカット……。私は暗がりのなかで延々と規則的にパンチをくり出した。ときおり「馬鹿野郎」という意味の方言をつぶやきながら。疲れると、手を休め、ウォッカを咽喉に流し込む――その動作をくり返した。

ケイが帰宅したのは深夜だった。そのときには、ウォッカと拳闘の真似事のせいで、私は泥酔していた。ケイはそんな私を見て驚いた様子だった。帰宅が遅くなったのは、バイト先の上司に夕飯をご馳走してもらったからだ、とケイは言った。私は酔った頭でそれを聞いた。やがて私はケイの布団の上で泥のように眠った。

翌朝、目覚めると、ひどい二日酔いだった。私は「体調不良」を理由に、会社をサボることにした。ケイも講義をサボり、そんな私につき合ってくれた。ケイが作った食事を食べ水分を大量に摂ると、だいぶアルコールが抜けて気分が良くなってきた。

胡坐をかいた私のうえに、ケイがうずくまる。赤黒く怒張した男根を、ケイの玄牝がずぶずぶと呑み込んでいく。私はキスをし、ケイの乳首を赤子のように吸った。私はケイの服を脱がせ、裸体にする。そうしながら、私もまた服を脱ぎ、裸体となった。

私は仰向けに横たわり、片手でケイの乳房を揉みしだきながら、片手でケイの腰をささえた。ケイは私の腕に取りすがり、私の上でバランスを取りながら、自らの腰をまわした。鼻筋の通った美貌のケイは、目をつむり眉根を寄せて、ときおり喘ぎ声を出した。私が下からケイを衝きあげる度に、ケイの髪は波打った。ケイは息を弾ませ、私の上に倒れ込んで来るや、私の唇を吸った。

私はケイのなかから自らの男根を引き抜くと、急いで布団を敷いた。私とケイは正常な体位となり、汗ばんだ体で一気に高みを目指した。胸と胸がこすれあい、下腹部からは卑猥な音がする。亀頭の先端が子宮口にコツコツと当たり、私ははちきれそうになる。破裂寸前に、私はすばやく男根をケイから引き抜き、ケイの腹の上へと精液を勢いよくぶちまけた。ケイの玄牝に残ることができなかった白濁した精液を、私はティッシュペーパーでぬぐい去った。ぬぐい去る瞬間、微かにクリの花のにおいがした。

いつしかケイは私を避けるようになった。

私との間に特に何があったというわけではない。気がつけば、あまり私の誘いに応じなくなっていた。私はいぶかしんだ。私の言ったこと、あるいはしたことが、何か彼女の気にさわったのか。それとも彼女に新しい恋人でもできたのか——私は原因がわからず、悶々とした日々を過ごした。

ある晩、私はケイを彼女のアパート近くの喫茶店に呼び出した。ケイが私を避ける原因を突きとめるためだ。喫茶店にやって来たケイは珍しくメガネをかけていた。ふだんはコンタクトレンズだが、いったん帰宅してくつろいでいたのか、普段着のままやって来た印象だった。

結局はそこで別れ話をすることになったのだが、話をしてわかったのは、ケイが私に愛想をつかしたことと、彼女に好きな相手ができたらしいことだった。男と女が別れる理由は、確かにそんなところだ。特別な理由などあろうはずがない。要するに、それだけの話だ。

ケイは卒論を書きあげ、すでに大学に提出していた。また就職活動していたケイは、その頃にはもうアパレルの中堅企業から内定をもらっていた。卒業・就職のタイミングで、心機一転、ケイは新生活を歩みたい様子だった。それもいいだろう。グッド・ラックだ。

深夜の喫茶店で、ケイは一体何十回目をしばたたき、私は何本タバコを吸ったことだろう。別れ話が終わると、ふたりはそこを後にした。すでに終電間近だった。改札口に残るケイに、私は最後のキスを求めた。人通りは減ったとはいえ、まだ途絶(とだ)えたわけではない。ケイはお道化(どけ)た様子でちょっと驚いて見せ、私が口づけると初めてキスしたときのように身をかたくした。

ケイと別れてからというもの、しばらくは自棄(やけ)酒を飲む日々が続いた。毎晩のように友人の誰彼と会い、飲みつぶれるまで飲んだ。そうせずにはいられなかった。そうかと思うと、見境なく女に手を出した。会社の同僚たちと新宿で娼婦を買うこともあれば、尻軽(しりがる)な派遣社員の女性と親しくなってその部屋に入りびたりもした。

そんな自堕落(じだらく)な生活に飽いた頃、私は小説を書きはじめた。タイトルは、「海を越えたら、上海」。

私はまず往復の通勤電車のなかでノートに小説の下書きを書きなぐった。会社の仕事を終えると、まっすぐに帰宅し自炊する。その後で何か酒を飲みながら、深夜までノートの文章を万年筆で原稿用紙に清書した。近所の中華料理屋から、中華鍋がガスコンロに当たる音、オタマが鍋に当たる音がリズミカルに聞こえた。その音をメトロノームのように聞きながら、私は原稿用紙のマス目を少しずつ埋めていった。

私は規則正しく生活し、しだいに原稿用紙の束は厚くなった。小説がいつしか五百枚を超える長編となった頃、私の精神状態はほぼ元通りになっていた。友人と酒を飲んでも、以前のように泥酔することはなくなった。不思議なことに、小説を書くという行為が私にとっては一種の「浄化作用(カタルシス)」の役割をはたしたようだった。

クラヴェリナというホヤの仲間には、不思議な性質があるという。私はそのことを花田清輝(はなだせいき)『復興期の精神』所収の「球面三角」で知った。水槽のなかの水にクラヴェリナを入れ、数日間水を換えないで放置しておくと、それはだんだんと小さくなる。複雑な器官は単純化し、ついには「完全な胚子状態」になる。あとには「小さな、白い、不透明な球状のもの」が残るだけ——つまり、クラヴェリナは死んだのだ。

ところが、水を換えてやると、クラヴェリナは少しずつ「展開」しはじめ、「透明になり、構造が複雑化し」またもとのような状態へと「再生」する。花田は「注目すべき点は、死が——小さな、白い、不透明な球状をした死が、自らのうちに、生を展開するに足る組織的な力を、黙々とひそめていたということだ」と書いている。人が中世の闇のなかで死に、ルネサンスという光のなかで再生する、という文脈のなかで、花田はこの不思議な生き物を取りあげていたが、当時の私はそのクラヴェリナに似ていたように思う。

会社では、私は人事部から営業部に異動し、シンガポールに大規模なレジャーランドを作るプロジェクトチームに参加していた。面白かったのは、シンガポール政府へのプレゼンテーション用にマルチスライドを作る作業だった。

スライドに使うイメージ写真をさがすために、私はプロジェクトのパートナーである六本木のデザイン事務所に足しげく通った。私は事務所のスタッフたちと朝から晩まで事務所にある雑誌などのなかから使えそうな写真をさがし、ある程度それらが集まると、カメラマンを呼んでそれらを接写してもらった。

デザイン事務所の人びとは、普通のサラリーマンにはない肌合いがあった。代表のインテリアデザイナーのUさんは芸術家タイプだったし、副代表のDさんはいかがわしいプロデューサーのようだった。口髭をはやした美大出のスタッフ・H君とは馬が合い、猫がいるその自宅にも遊びに行った。サラリーマンの私は、彼らとの異質の交流を楽しんだ。

一方で「フィージブル・プロジェクト（実行可能な計画）」と名づけられたプレゼン用の英文説明書が完成した。こちらの方はプロジェクト・リーダーはじめ英語が堪能なT大出やJ大出の同僚たちが担当し、私はときおり回覧される加除訂正用の英文に目を通した程度だった。相前後して私が担当していたプレゼン用のマルチスライドも完成した。プロジェクトの折り返し地点到達を記念して、私の会社のプロジェクトチームの面々とデザイン事務所の面々は六本木の店で打ち上げをすることになった。

その頃には私の五百枚の長編小説も完成していた。私はその原稿をインテリアデザイナーのUさんにだけ見せた。単純にUさんに読んでもらいたかったのと、あわよくばUさんの友人の高名な写真家やノンフィクション作家に紹介してほしいという下心からだった。しかし、Uさんからは特に何も小説の感想を聞くことはなかった。それが打ち上げの晩、Uさんは席上の挨拶で、突然こう言われた。「このプロジェクトも軌道に乗り、マルチスライドやプレゼン資料が続々と完成し、道半ばに差しかかっています。これと軌を一にして実はここにいる尾見君の小説も完成しました。……」私は思わずうつむいた。上目づかいに見ると、会社の営業部長は驚いたような顔で私を見ていた。

入社して二年めの終わりを迎えた頃、私は転職することになった。別に会社の仕事に不満があって、そうしたのではない。会社が危機的な営業不振に陥ったためだ。いわば整理解雇も同然だった。私は難破船から逃げ出すネズミのようなものだった。

私はその財閥系のグループ会社のうち、大手都市銀行と不動産関連会社とコンタクトを取り、両方から内定をもらった。後者からは入社すればすぐに中国か台湾に行かせてやると言われたが、結局私は前者に決めた。銀行員といえば、当時はまだ「花形」の職業のひとつだったからだ。

私は入行した都市銀行で本店外国為替課に配属になった。そこには学歴も華やかな前途有望な幹部候補生たちが大勢集まっていた。私は場違いの感覚を抱きながら、銀行員としての生活をはじめた。

突然、窓の外でピーッと鳥の声がした。

ヒヨドリの声だった。

目を開けると、絨毯が緑色に明るく燃え立っていた。薄陽がガラス窓からふりそそぎ、白いシーツに陽炎が微かにゆらめくのが見えた。横たわった素裸の女は、相変わらず白かった。私は異物を見るようにして、女を見た。

雪の雫が、なおも軒先からしたたり落ちていた。窓辺近くの深緑色のヒマラヤ杉の枝先からも、雫はしたたり落ちている気配だった。針葉樹に積もった雪は、すべり落ちやすいためか、もうあらかた消えていた。

かなたに蒼穹が見えた。都会の蒼穹は、窓枠とビルの輪郭によって、いびつにトリミングされていた。空はただ青く、そこには雲ひとつ、機影ひとつ見あたらなかった。

私は深い徒労感を覚え、動くのをやめた。私同様、女も疲れている様子だった。忘我の時はついに来ず、そのことが私をとまどわせた。女の胸の鼓動が、私の胸あたりに感じられる。躯は密着していても、心は離れたままだった。

緑の絨毯を燃え立たせている陽光は、苔むした地面に落ちた木洩れ陽に似ていた。よく見ると、その光のなかでは、微塵が乱舞していた。いくつもの微細な粒子が煌めきながら飛びかう様は、金粉を撒き散らしたように美しかった。

女のうえで、私はぼんやりとその光景を眺めていた。（了）

Ⅳ　エッセイ

詩人・葉笛先生の思い出

東京中国語専門学院。大学時代、私は今のJR大久保駅前にあったこの中国語学校に三年半くらい通った。院長の葉寄民（イェジーミン）先生をはじめ、教師はすべて台湾人だった。東京でも大陸から来た中国人と出会うことがまだ稀（まれ）だった一九八〇年代のことだ。

自称「プレイボーイ（阿飛（アーフェイ））」のオールバックの若い二枚目教師。キューピー人形に似た丸ぽちゃで愛嬌のある女性教師。そして「葉笛（イェディー）」というペンネームを持つ詩人でもある葉寄民院長。彼らはいずれも台湾の超エリートだった。プレイボーイ先生は台湾大学の工学部出身だったし、丸ぽちゃキューピー先生は当時東京外大の院生だったように思う。葉先生に至っては高名な詩人・評論家だった。当時私は早稲田の文学部の学生だったが、大学の外で私はそんな先生方に中国語を習った。最初のうちは北京語言学院が発行した欧米の留学生向けの『漢語課本』という数冊のテキストを用いて文法や会話などを習い、だいぶ上達してからは葉寄民院長の文芸購読クラスに移って詩・小説などの文芸作品を読んだ。

初対面の印象は、よく覚えている。入学して間もない頃、少し早目に教室に着いた私は、別の教室の片隅で一人何やら調べ物をなさっている葉先生の姿をお見かけした。ロマンスグレイのやや長めの髪、厚いレンズの老眼鏡、せっせと動くペンを持つ手、脇にある分厚い中国語辞典。

そんなものが目にとまった。お邪魔しては悪いと思ったが、まだ話をしたことがなかったので勇気を出して声をおかけした。

「你好！叶老師！（葉先生！）」

「你好！你是谁？（あなたは誰ですか？）」

「我叫○○。大学一年级。新同学。（私は○○と言います。大学一年生で新入生です。）」

中国語はそこまでで、おそらくそこから先は日本語の会話になったはずだ。大学一年生の自分に中国語で満足な自己紹介が出来たとは思われないからだ。ロマンスグレイの葉先生は、今から思えばアレルギー性鼻炎だったのか少し鼻にかかったくぐもった感じの声で、手を休めて愛想よくお話をして下さった。お話の内容は覚えていないが、中国語学習についてのアドバイスを受けたような気がする。「初老の学者」というのが葉先生の第一印象だった。

葉先生のプロフィールを簡単に記しておこう。

葉笛、本名は葉寄民。一九三一年生まれ、台南市人。台南師範学校（現台南大学）卒業後、日本の大東文化大学文学部卒業、東京教育大学（現筑波大学）にて日本文学修士課程修了、大東文化大学にて日本文学博士課程修了、東京大学人文科学研究所にて中国近代思想史を研究（二年間）。その後、東京学芸大学、専修大学、跡見女子大学にて教鞭を執る。台湾で「笠」詩社に参加した一九六四年以降、専ら翻訳・創作活動を行う。著書に処女詩集『紫の歌』（一九五四）、戦争詩集『火と海』（一九九〇）、評論集『台湾文学巡礼』等があり、翻訳に『太陽の季節』、『原爆詩集』、『芥川龍之介小説集』（「羅生門」、「地獄変」、「河童」所収）、『中原中也―詩人論』、鮎川信夫の詩論「安藤次男の『フランス文学史』」、アンドレ・ブルトン『シュールレアリスム宣言』等がある。また、『葉笛全集』（全一八巻）が出版されている。日本に在住した約三〇年間には東京にて各大学の同僚たちと「台湾学術研究会」を組織し、毎年「台湾学術研究会誌」を出版した。二〇〇六年五月九日、胃癌で逝去。享年七六歳。（日本及び台湾のインターネット情報より抜粋）

葉先生の翻訳にアンドレ・ブルトンの『シュールレアリスム宣言』があるのは、ちょっと意外な気がするが、先生は超現実主義などにも多大なる関心をお持ちだったのだろう。「太陽の季節」の翻訳はどうということもないが、『原爆詩集』の翻訳がある点も興味深い。

その葉先生からいただいた一枚のコピーがある。それは「日本現代詩鳥瞰」と題する先生の文章で、メモによれば一九八一年に『連合副刊』という雑誌に発表されたもののようだ。先生はそこで日本の近代詩を矢田部良吉、外山正一、井上哲次郎の『新体詩抄』の「新体詩」から説き起こし、森鷗外らの『於母影』や北村透谷の『楚囚の詩』『蓬莱曲』や島崎藤村の『若菜集』『落梅集』といった「浪漫詩」を紹介しておられる。この文章は「その一」とあるので、おそらく「その二」では上田敏の『海潮音』、薄田泣菫の『白羊宮』、蒲原有明の『有明集』、北原白秋の『邪宗門』などの「象徴詩」を取り上げたものと推測される。近代詩の流れで行けば、たぶんそうなるだろう。

　葉先生の「日本現代詩鳥瞰」は、その雑誌に何回まで連載されたのだろうか。明治から大正、大正から昭和へと続いたのだろうか。石原慎太郎の「太陽の季節」を訳した先生のことだから、鮎川信夫、田村隆一といった戦後詩人を経て、谷川俊太郎、大岡信、川崎洋、茨木のり子といった『櫂』同人の詩くらいまでは行ったものと想像する。

　先生は翻訳活動や評論活動もされたが、同時に一個の詩人でもあった。ここでは先生の詩を二篇ほど拙訳で紹介しておきたい。

　北回帰線上の海の島だ。／どこにいようとも、／醒めてようが、寝てようが、／あなたの呼び声が聞こえる。／あなたの愛撫する手が感じられる。／あなたはまばゆい陽光で／永遠に私の心のなかで微笑んでいる！／永遠に私の夢のなかで光を放っている！（「島の連想」）

　なかなかロマンチックな詩だ。訳して思ったが、この詩の着想は矢沢永吉が歌う「時間よ止まれ」に似ている。ちなみに、その山川啓介の詞は次のようなものだ。

　罪なやつさ　Ａｈ　ＰＡＣＩＦＩＣ　碧く燃える海／どうやら俺の負けだぜ／まぶた閉じよ

う／夏の日の恋なんて　幻と笑いながら／この女に賭けるクールを装いつつ一人の女に一途になる男。「時間よ止まれ」の歌い出しは、そんな男がカッコつけて自嘲まじりにつぶやく台詞のようだが、両者ともハワイ島ないしグアム島と思しき常夏の島が舞台である点がまず共通している。違うのは、葉笛先生の詩の方が、よりストレートに異性への恋慕の情を吐露している点だ。葉笛先生もなかなかスミにおけませんな。

次は、日本に留学していた頃に書かれたという詩。

落花の時節／舞い落ちる花はチョウ／四月の空の道なき道を／ひらひらと舞い飛ぶ／命短いサクラ／微笑みながら舞い落ちる／あたかも花を追い求めながら飛ぶチョウのように／永遠の一瞬を生きようとしている／舞い落ちるサクラは／四月の縹渺たる時雨／脈打つ胸の上へと無事に舞い落ちる／いつ生まれいつ死ぬとも知れぬ／透明に発光する生命／よみがえる黒々とした大地／サクラは四月の時雨／異邦人にやさしく／寂寞をなぐさめる希望の歌（「落花の時節」）

たった二編の詩だけで判断するのは危険だが、どうやら先生は抒情詩人のようだ。ふいに、大学一年生の頃、下宿の白黒テレビで見た「サクラ」という名の中国映画を思い出した。単純なストーリーだったと思うが、妙に泣けた覚えがある。サクラ散る都会での孤独感。それが異国であれば、なおさら孤独感は強まり、望郷の念はいや増すだろう。きっと先生もそんな孤独に耐えて来られたのだ。日本で、何年も何年も。私も大学四年生の夏に上海の復旦（ふくたん）大学に留学し異国で一年間を過ごしたから、多少なりともエトランゼの心情はわかるつもりだ。

「サクラは四月の時雨／異邦人にやさしく／寂寞をなぐさめる希望の歌」。

吉田冥莫和尚について

ある夏の夕べ、一人の僧侶がわが家にお越しになった。吉田冥莫禅師、興雲寺という菩提寺の住職である。盆の法要のため、村の檀家の家を訪ねて来られたのだ。

仏壇の前での読経が終わった後、高校一年生の私は和尚と少し話をした。和尚と面識はあったが、まともに話をしたのはそれが初めてだった。その時どうやら私は「自分は中国文化、中国文学に興味がある」という意味のことを話したらしい。帰りしなに和尚が「それならまず『論語』を読んだ方がいいだろうな。お寺に取りに来なさい。貸してあげるから」とおっしゃったからだ。

興雲寺に『論語』（中公クラシックス）を借りに行き、読んでそれを返しに行く――和尚との交流はそんなふうにして始まった。お寺は道元禅師の曹洞宗の寺だったので（総本山は、福井県の永平寺）、和尚にすすめられて座禅を組んだりもした。結跏趺坐、半跏趺坐といった仏教用語を習い覚えたのは、その頃のことだ。

和尚の話は、面白かった。博覧強記の和尚は話題も豊富で、とりわけ中国の歴史や儒教に対して造詣が深かった。私は大学では文学部で外国文学を学ぶつもりだったが、まだフランス文学をやるか中国文学をやるかハッキリとは決めかねていた。冥莫和尚との出会いは、そんな私にひとつの指標を与えてくれた。後に私が早稲田の文学部で中国語を選び中国文学を専攻する機縁がここにあったのである。

和尚はある時、こんなことをおっしゃった。

「おれは道元禅師を師と仰いでいるが、もうひとり師匠がいる。それは明の儒者・王陽明だ。だからおれは、仏教徒でもあり、陽明学派でもあるんだ」

これを聞いて、私は非常に驚いた。思いがけず、和尚が自らの思想的立場を鮮やかに表明されたからである。私はその後多くの人と出会ったが、後にも先にもそんな経験はない。

またある時、私に「好きな文学者は誰か」と問われて、次のようにお答えになった。

「小説では、ドストエフスキーだな。短歌だと、若山牧水。詩では、萩原朔太郎だ」

これまた明快な答えだった。ドストエフスキー、若山牧水、萩原朔太郎。そして、この三者は全くの別物でありながら、作品に表れる感情の起伏のはげしさとか異常心理へのこだわりといった共通点がありそうだった。和尚独特の人選である。

大学二年生の夏休みに対談した際には、当時の私の読書状況を一通り聞いた後で、一言こう言われた。

「君には社会科学的な視点が欠如しているな。もっとその方面の本を読んだ方がいい」

寸鉄人を刺す。この寸評は的確で、座禅の痛棒よりもこたえた。それから私はその方面の岩波新書やマルクスをはじめとする社会主義の本なども読むようになった。

私はひそかに冥莫和尚の弟子を自認していたが、実を言えば私の父・米井薫甫が和尚の「一番弟子」だった。陸士出の職業軍人だった父は、内地（北海道・函館）で敗戦を迎え、戦後まもなく（一九四五年一二月）郷里の米井村へと復員してきた。故郷に戻っても公職追放の身だから、父は町役場や農協などに就職もできず、農家の仕事を手伝いながら、怏々として楽しまぬ日々を過ごしていた。

そんな折に冥莫和尚と出会い、興雲寺の龍吟山草堂にて社会主義思想や農業問題の手ほどきを受けたのだ。和尚の話にはマルクスやレーニンはおろか、クロポトキンやバクーニンの無政府主義思想まであったというから、驚きである。その影響で、父は保守から革新へと一八〇度思想的に「転向」し、後年社会党出身の地方代議士（町議会議員や県議会議員）の道を歩むことになる。人との出会いは面白いものである。私はこの辺の事情をモデル小説「黎明」に書いた。

私の父は、その自伝『窮してこそ通ずる』（自費出版）のなかで、冥莫和尚に対する「悼辞」を引用している。（「吉田冥莫和尚への別れの言葉」）そこに、こんな一節がある。

謹んで吉田冥莫和尚の霊前に捧ぐ。
今日この興雲寺の本堂で、貴方に最後のお別れの言葉を述べなければならないことになりました。個性のはげしい、或るときには傍若無人とも言える強力な個性のお方でありましたが、それでもやはり「巨星地に墜つ」という言葉が当てはまると思います。（略）
私の人生に、最も大きな政治的影響を与えて下さったお方でありました。（略）

敗戦直後の三年間、この龍吟山草堂における文化講座での歴史と哲学の講義は、私に勉学心をいっそう湧かせて下さいました。（略）
頭のキレがあまりにも独高であったので、大福帳とコンピュータとの差というべきでしょうか、私もしばしば意見が違うところもありまして、抵抗したものでありますが、今想えば懐かしい思い出となってしまいました。

ところで、私は大学四年時に『李卓吾論』と題する卒論を書いた。仏教と儒教、より正確に言えば、禅と陽明学の接点に位置する明末清初の異端思想家・李贄の思想論、人物論だった。卒論のテーマをそれに決めたと報告した時、和尚は苦笑しながら「君がそんな人物を選んだのは、おれのせいだな」と一言おっしゃった。

確かにそうだった。李卓吾は冥莫和尚を解く鍵――そう私は直観していたのだ。卒論を書いている頃、和尚から一通の手紙をいただいた。その手紙は実は私が催促して送っていただいたもので、私の所望通り、そのなかには和尚の略歴等が書いてあった。直筆による略歴のなかには、たとえば次のような一節がある。（西暦を加筆し、和暦は括弧書きにした。）

略　歴

一九一〇（明治四三）年八月、東京市下谷区竹町に生まれる。

一九一七（大正六）年（七歳）四月、下谷小学校に入る。

一九二七（昭和二）年（一七歳）、家を飛び出す。人の性は善なりや悪なりや、生きるこの意味は何ぞやとの疑いをいだいて、爾後、定職なく、日本各地を放浪。その間、東京他大法橋閣等に働くも、二年とつづかず。放浪中に鳥取県東伯郡西郷村、極楽寺の前田洞禅師に遭遇し知遇をうける。また埼玉県入間勝台村、勝初寺の森大器師に恩顧をこうむる。今日あるは両師の庇護に由る。

一九四一（昭和一六）年（三一歳）三月、埼玉県川越市、曹洞宗養寿院専門僧堂第三級課程修了。

一九四二（昭和一七）年（三二歳）十月以降、現在地、鳥取県八頭郡智頭町、興雲寺の住職となる。爾後、町役場経理課長、町農協組合長、農業委員会、農業共済組合その他農民団体の県庁の役員となる。この間、林業史、山村共同体の研究他著書多数。現在も郷土史の研究に没頭する。

仏門に入った理由

一九三四（昭和九）年（二四歳）夏、伯耆大山の大休み洞窟にて、真理は主体的自我の確立にあり、実践あって後方向あり、方向あって真理は現成されるものであり、知識の探求より真理は確立されるものではないことを悟る。爾後、山に入るにあらず、山を下りる人生を学ぶ。

私は右の「仏門に入った理由」を読んで、和尚の思想的開眼が二四歳の夏だったことを知った。

「大隠（たいいん）は市井（しせい）に隠（かく）る」というが、それ以来、和尚は自らが生きる場所を俗世に見定め、仏教、諸学問、農業へと本格的に取り組んでいったものと思われる。

その冥莫和尚は一九九三年に八四歳で他界された。父にせよ私にせよ、多感な青春の日々に、鳥取県の片田舎で和尚のような知識人と出会えたことは、非常に幸運であったといえる。世代の異なるわれわれ二人は、ともにひとりの和尚からそれぞれの生き方の大きな指針を与えられたのだから。

思い返す度に、感謝の念を禁じ得ない。

「知の巨人」を悼む――追悼・立花隆

人間存在とは何か。

立花隆の仕事の核心には、常にこのような命題があるように思う。

田中角栄、日本共産党、政治セクト、宇宙、脳、人体、臨死体験、サル学、分子生物学、スーパー・コンピュータ、環境ホルモン、東京大学…。対象は移り変われど、彼にはデヴュー当時から一貫して「人間の現在」に対する飽くことなき関心があった。

立花隆は、その本質において哲学者であった、と私は思う。「人間とは何か」という命題を問い続ける人間を、われわれは普通「哲学者」と呼ぶからだ。立花は東大文学部仏文科を卒業後、文藝春秋社に入社、二年後に退社して母校東大文学部哲学科に学士入学している。この時点で、彼は自らの本質を明確に自覚していた、といえよう。(※)

文学や哲学を専門とするジャーナリストの立花が、たとえばまったく畑違いの自然科学の最先端にいる科学者たちと対談する場合、あるいは彼らの専門領域に関する本を書く場合、彼は一体どうしたか。彼はまず準備作業として、机上に山積みした専門書(約一二〇冊)を片っ端から読破した。読むのは書物だけではなく、専門雑誌の研究論文(原文は英語)も読んだ。そういったものを次々に多読していくのだ。

さらに、科学者と論争するような場合には、一テーマにつき大体五〇〇冊くらいの本は読んだという。これは超人的な読書量である。おいそれと真似（まね）できることではない。しかし、一介のアマチュアがその道のプロに追いつくには、最低限その程度の努力が必要、ということでもあっただろう。

しかし、立花が科学万能主義の徒だったかといえば、そうではない。むしろ科学万能主義に対しては非常に懐疑的（かいぎてき）であった。「脳死」三部作の最終編に当たる『脳死臨調批判』（中央公論社、一九九二年）には、次のような言葉が見える。

……ニュートンは、真理の大海を前にして、それを見ることなくきれいな小石の一つ、二つを拾って喜んでいる幼児に自分をたとえたが、脳に関して人類が知っていることといったら、本当にそのような比喩がぴったりする程度なのである。（「第三章」）

ここに書かれている「脳」の字は、「宇宙」にも「人体」にも置き換えられるだろう。要するに、科学は現代においてもけっして万能ではなく、人間は知るべき「真理の大海」をまだほとんど何も知らない、ということを意味している。立花は科学の最新研究をも旺盛に摂取していったが、その根柢には科学に対するこのようなシビアな現状認識があったのである。

たとえば、立花に『生、死、神秘体験』（講談社文庫、二〇〇七年）という対談集がある。これは「死を語る時代」「臨死体験が意味するもの」「生と死の境界」というテーマにそって学者とか識者と対談したものを編集した本だが、この本の「序論と解題」で立花は「私は一貫して、人間存在というものに関心を持ってきた」と書いている。

立花の場合、それは「特定の個人的人間の存在の仕方に対する関心」というよりも、「人間一般の存在の仕方に対する関心」であった。そして立花は「人間存在をトータルにとらえようと思うと、関心領域は次から次へと広がっていかざるをえない」という。

その本の「「序論と解題」のなかで、立花は次のように述べている。

……人類というものが、どのように誕生し、どのような歴史を経て今日の人類社会を築くにいたったかを考えるほうに、私は興味を引かれるのである。サル学をやって人類の起源の問題に熱中したりするのはそのためである。(略)人間ではないけれど人間にいちばん近い存在は何か、人間はどこまでいけば人間でなくなるのか、あるいは人間以外のものがどういう条件をかねそなえれば人間と認められるようになるのかという問題がある。(略)人間の過去については、これはサル学への興味につながり、人間の未来については、ロボットやコンピュータへの興味につながっている。そしてまた、人類はいまや地球人から宇宙人への進化の過程にあるとの考えから、宇宙開発への関心が出てくる。脳死問題への興味もこのあたりから出ている。人間のどの部分がどこまで死んだら、その人は死んだといえるのか。人間の生と死の間の一線、生きた人と死体との間の一線は厳密にいうとどこに引かれるべきなのか、という問題である。（略）人間存在をトータルにとらえようと思うと、関心領域は次から次へ広がっていかざるをえない。

人間というものを、その物質の相において根源的なレベルでとらえようと思えば、分子生物学までいかざるをえない。それが『精神と物質』などの仕事になっている。人間を物質の相においてではなく、精神の相においてとらえようと思えば、意識の世界の探究にいかざるをえない。そしてあまりにも広大無辺な意識世界を探ろうと思ったら、これまた、その世界の内包と外延を知るために、異常な意識体験を知ることが重要になってくる。臨死体験から始まって、神秘体験など、さまざまな意識体験の世界に興味を持つようになったのは、そのためである。（二一六〜一一八頁）

ここには、立花の「人間存在とは何か」という問題意識なり興味関心が、どのようにしてサル学、ロボット、コンピュータ、宇宙開発、脳死、臨死体験、分子生物学、神秘体験といった個々のテーマと結びつき、各々の作品に結実したかという内的プロセスが明快かつロジカルに語られている。

そして、立花はさらに次のように自問自答している。

このようにして、人間存在というものをあらゆる相においてとらえようとすることで、私は結局何を望んでいるのか。

一言でいえば、私は人間としての見当識を得たいのである。（一八頁）

「見当識」というのは、脳機能の異常もしくは意識レベルの低下を確認するために医者が患者に対して行う三つの質問のことである。すなわち「ここはどこ？」「あなたはだれ？」「いまはいつ？」という三つの問いを指すが、通常はこれらの問いに対して、現住所・氏名・年月日が答えられれば、患者は一応正常と見なされる。

ところが、これらの問いは、少し考えると非常に難問であることがわかる。最初の問いを受けて、ここは日本であり、それは地球上にあり、地球は太陽系のなかにあり、太陽系は天の川銀河のなかにあり……と考えたところで、結局この広い大宇宙のどのあたりに天の川銀河があるのかがわからないのである。

二番目の問いも同様。私が存在するのは疑いもない事実だが、私が何ものかは結局のところ不明である。しかもどこから来て、どこへ行くのかについても皆目見当がつかないのだ。物質的にも精神的にも、そうなのだ。

三番目の問いもそう。地球ができたのは四六億年前といわれ、宇宙のはじまりの「ビッグバン」が起きたのが一五〇億年前といわれるが、はたしてそれが正しいのか。その起点は、一〇〇億年前説もあれば、二〇〇億年前説もあるのである。結局、三番目の問いに対しても「わからない」

というのが答えになる。

立花隆の八〇年の生涯は、この「見当識」の解を求める一生であったと言えるだろう。最終的に明確な解が求められたとはいいがたいが、解を求めるためのプロセスは明確であり、かつ多面的・多角的であった。その点で「知の巨人」の足跡は偉大である。死を体験した今こそ、彼は自らの「見当識」の解が得られたのではあるまいか。

そう信じつつ、謹んで彼の冥福をお祈りしたい。

※立花は、その著『知の旅は終わらない――僕が3万冊を読み100冊を書いて考えてきたこと』(文春新書、二〇二〇年)の中で、自分が「哲学的思考をする人間」であったと述べ、哲学科に学士入学した理由を「少し形而上的なことを考えたくなった」から、と記している。(二二七頁)

知の領域の「越境」について

1

林達夫に「アマチュアの領域」という短いエッセイがある。これは園芸文化におけるアマチュアの役割を説いたものだが、そのなかに次のような一節が見える。

……原則的に言うならば、アマチュアが物を書く場合は、専門家の一般的、抽象的、概括的、平面的なのに対して、殊別的、具体的、個性的、立体的であるのがその特色とならねばならぬのであろう。

この後で林は、アマチュアに対して、「自分の経験を地道に述べ」よ、「地についた個人的経験を語」れ、とアドバイスしている。さらに、そのようにして書かれたものの価値について、「その興味ある経験はたといいかに狭く且つ特異なものであるにしても、確かに傾聴に値するものである」とも評している。これほど的確に素人と玄人の物書きの特徴を比較し、かつ素人の物書きに対するアドバイスを行った文章は珍しい。私は寡聞にして同内容の他の文章を見たことがない。

個人的なことを言えば、私はいわゆる研究者ではない。大学院等で論文執筆等の専門的な訓練もまったく受けておらず、自ら専門書を出版した経験もない。そういった研究者が「専門家」だとすれば、私などはまぎれもなく「アマチュア」の部類に属するだろう。かといって、「専門家」に対するコンプレックスがあるかといえば、わりとそうでもない。大学卒業後、三十五年以上の長きにわたってサラリーマン生活をして来たが、その間に人並み以上に読書をし、その読後感を中心に「手紙」形式で他者に向けて発信し、ついにはその延長線上に『子どもたちへのブンガク案内―親なら読ませたい名作たち』（飯塚書店、二〇〇五年）や『反戦の書を読む―戦争を根絶するために』（垣内出版、二〇二二年）などの単著も商業出版した。

研究者を羨むというより、むしろ今ではアマチュアの強みを活かそうと考えている。つまり、「専門家」にできぬこと、林の表現に従えば「地についた個人的経験を語ること」に徹し、「殊別的、具体的、個性的、立体的」といったアマチュアの特色を最大限に活かして、ユニークな文章を書きつづけて行こう、と思っているのである。

たとえば、正岡子規の『歌よみに与ふる書』（岩波文庫、一九九五年）には面白いことが書いてある。歌人でもあった子規が、歌壇における自身の立場を「素人」、つまりアマチュアと規定しているのだ。

……生は歌よみよりは局外者とか素人とかいはるる身に有之、従つて詳しき歌の學問は致さず、格が何だか文法が何だか少しも承知致さず候へども、大體の趣味如何においては自ら信ずる所あり、この点につきてかへつて専門の歌よみが不注意を責むる者に御座候。（「三たび歌よみに与ふる書」）

子規の場合、自らを「局外者」だの「素人」だのと言いながらも、真の「歌よみ」としての矜持や歌に対する定見があったればこそ、「貫之は下手な歌よみにて『古今集』はくだらぬ集に有之候」とか「何代集の彼ン代集のと申しても、皆古今の糟粕の糟粕の糟粕の糟粕ばかりに御座候」と、「専門の歌よみ」を完膚無きまでに批判することができたのだろうし、またそれとは逆に、当時やや蔑ろにされていた感のある万葉集や源実朝を高らかに称揚することができたのでもあろう。

子規はしばしば句歌の革新者と呼ばれるが、そのことと右の自己規定を思い合わせると、「革新」なるものは「アマチュア」によって外部から為されるもののように思われる。外側から来る「アマチュア」の力というのは、案外その対象に大きな作用を及ぼすのではなかろうか。

大切なのは、「アマチュア」なるものが他の領域へとどんどん「越境」していって、自らの観点でその領域を眺め、そこの専門家と率直に意見を交わすことだろう。ただ、「越境」する以上は、猛勉強して最低限そこのプロと渡り合えるだけの知識を身につけるべきだろう。それが礼儀というものだし、もしそうでなければ、専門家もその新参者を侮って最初からまともに相手にはすまい。

また、各分野の専門家の側でも、アマチュアの自由な出入りや発言を認める、というのが基本であって、アマチュアを排除・排斥するなど言語道断である。

理想型としては、単身歌壇や俳壇に乗り込んだ子規のごとく、無名とは言え実力はプロと伯仲しているアマチュアが、名だたる「歌よみ」とか俳諧の宗匠といった専門家を相手に随時大胆な発言を行ない、丁丁発止、専門家と激論を交わす、といったスタイルが望ましい。

2

ところで、学問の究極の目的とは何だろうか。

「真理の探求」というのが一般的な答えであり、私はこの一般論に同意する者だ。学問によっては「人間性の探求」という答えも予想されるが、「人間性」もまた普遍的な「真理」の一部と考えれば、「真理の探求」こそが学問の究極の目的となる。これは学問のみならず、宗教の場合にも当てはまるだろう。屋久島に住んでいた詩人・哲学者の山尾三省は『屋久島の森のメッセージ』（大和出版、二〇〇〇年）のなかで次のように書いている。

ぼくは常々、科学は実証によって真理への道を歩み、哲学と宗教は思考と想像力と直観によって真理への道を歩むものだと考えています。さらには、哲学は思考と想像力と直観の主体である「私」を決して手放さないのに対して、宗教は、真理のためには時にはその主体さえも放棄してしまうところに、その特徴があるといえます。

科学、哲学、宗教の三つの道は、いずれにしても真理のなかを歩みつつ真理を目指す、親しい三姉妹であることは確かです。

科学、哲学、宗教の三つの道は、真理のなかを歩みつつ真理を目指す親しい三姉妹だ、というのである。それは、なかなか言い得て妙な表現だ。「科学」とは数学、物理学、化学、生物学、地学、建築学、医学などといった自然科学を指している。

山尾によれば、科学は「実証」によって、また哲学や宗教は「思考と想像力と直観」によって、それぞれ真理への道を歩む。では、哲学と宗教とではどこが違うのかというと、哲学が「主体である『私』」を断じて手放さないのに対し、宗教は真理のために時にはその「主体である『私』」すら放棄する点だ、と彼は説いている。いわゆる「殉教(じゅんきょう)」である。

おそらく山尾は、三者はそれぞれ方法が異なるだけで、結局は同一方向を目指す、同根のものだ、ということが言いたいのであろう。けだし、卓見(たっけん)である。

私は、ここに文学を加えて、「親しい四姉妹」にすべきだと思う。そうすると、哲学と文学という美女ふたりの役まわりは非常に似通ってくる。両者は外見そっくりの一卵性双生児ということになるかも知れない。しかし、美人の双子とはいえ、お互いの性格はまるで違う。かたや理知的だが理屈っぽく少々気難しいソフィー(哲学 philosophy に由来)に対し、かたや感情豊かで柔軟性に富んだ楽天家のリタ(文学 literature に由来)、といった具合だ。

冗談はさておき、次に考えてみたいのは、その「親しい四姉妹」で兄弟姉妹は果たして全員集合か、という問題である。結論から言えば、答えは「否」である。

音楽、美術、演劇、舞踏、映画などといった芸術にせよ、政治学、経済学、法学、社会学、統計学などといった社会科学にせよ、歴史学、心理学、倫理学、民俗学、文化人類学などといった人文科学にせよ、すべてが一つの例外もなく「親しい四姉妹」に連なる兄弟姉妹なのである。

しかし、いかなる芸術、宗教、学問にも、単独では自ずと限界がある。そのことは、その道を極めた人や研究の最先端にいる専門家には、おそらく自明の事柄だろう。「親しい四姉妹」、つまり科学、宗教、哲学、文学にしたところで、単一の学問や宗教だけで「真理」を究めるのは非常に困難に違いない。

「三人寄れば文殊の知恵」というが、一人では解決できない問題でも、複数の人が様々な角度から様々な意見を出し合えば、解決の糸口が必ず見つかるものである。

「親しき四姉妹」を含む、芸術、宗教、諸学問といった大勢の兄弟姉妹は、長幼の序はあれど「真理」の前では平等であり、互いにそれぞれの短所を補い合って、または長所を生かし合って、初めて「真理」へと到達できるのではあるまいか。物理学の概念に「相補性の原理」というのがあるが、対立概念の相補性という考え方はこの場合にも適用できる。

3

山尾が言う「三姉妹」とは「科学」「哲学」「宗教」の三つだったが、「科学」の枠を越境して「哲学」や「宗教」にアプローチするというケースがある。志村史夫（しむらふみお）の『こわくない物理学―物質・宇宙・生命―』（新潮文庫、二〇〇五年）は、ちょうどそのような冒険を試みた本だった。

物理学者である著者は、プロローグでこう明言している。「本書の主目的はそれら（「物質」「宇宙」「生命」）を専門的あるいは学術的観点から記述するのではなく、あくまでも思想的、哲学的に考察することである」と。これは、堂々たる越境宣言である。しかも著者が踏み込んでいるのは、実は「哲学」の領域だけではない。何と「宗教」や「文学」の領域にまで踏み込んでいるのである。果敢な挑戦、と言わざるを得ない。

本書の構成にそって、内容を少し詳しく見ていくことにしたいが、「科学」の「専門家」ではない私があえて本書を取りあげる理由は明白である。副題となっている「物質」「宇宙」「生命」の三つが「真理」のなかでもとりわけ重要なものだと考えるからである。換言すれば、それらがいまだかつて誰も完全に解き明かしたことのない人類最大の謎だからである。

副題の通り、本書は「物質」「宇宙」「生命」の順で展開していく。

著者はまず「第一章　物質の根源」において、寺田寅彦（てらだとらひこ）の随筆を推奨した後、古代オリエントの実学、古代ギリシャの自然哲学、インド哲学、近代科学を概観する。この章では、「物質の根源」の捉え方の歴史的変遷を辿（たど）っているので、内容は物理学というよりも、むしろ哲学に近い。「第二章　物質の構造」において、ようやく物理学的な記述となり、物質を形成するのが原子であり、原子は原子核と電子によって構成され、原子核は陽子と中性子で構成される、といった「原子の構造」が語られる。そして、さらに微細な構成物質である「中間子」「クォーク」「究極のアトモス」などが語られるものの、著者は結局「物質の根源を解明する努力は現在でも続けられており、かなりゴールに近づいているという感じはあるものの究極的な結論にはいたっていない」との現状認識を示している。その後に、「原子の質量と大きさ」「元素」「原子の結合」「物質の三態」といった、昔理科で習ったよう内容の記述が続く。

そういった専門的な記述のなかで、とりわけ興味深いのは、天然宝石や雪といった「結晶の形と性質」の項目であろうか。天然宝石の「理想形」としては、水晶が六角柱であるのに対して、ダイヤモンドは正八面体であるとか、「天からの手紙」（中井宇吉郎の言葉）である雪の結晶が、「見事に六十度ごとの六回対象になっている」といった記述には、新鮮な驚きを覚える。「結晶」つながりでは、「第五章　結晶の生長」に出てくる「コンペートー」や「雪華」の生長の話も面白い。

さて、「物質」の次に語られるのが「宇宙」である。

ここでも著者の語り口は、われわれの意表をつく。「第三章　物質と宇宙の起源」において最初に取り上げられるのは、「ギリシャ神話」であり、「日本神話」であり、「聖書」である。だが著者は別に奇を衒っているわけではない。人類の宇宙観の移り変わりを見ようとして、そういう記述になったのだろう。その後、近代科学の「科学的無限不変宇宙論」、二〇世紀初頭の「膨張宇宙論」、「ビッグバン」、「定常宇宙論」などが語られることになる。宇宙創成の「瞬間」なり「起源」を科学的に解明していくことについて、著者の態度はやや悲観的なようだ。言葉を換えれば、宇宙論に関する科学の限界、ということを強く認識しているように思われる。科学技術の限界を示すにあたって、「第四章　われわれの世界」のなかで金子(かねこ)みすゞの詩が効果的に引かれているのも見逃せない点である。

そして、最後に言及されるのが、「生命」である。

無生物である「物質」から「生命・生物」は、いかにして誕生したのか。

著者はまず、「ミクロ世界」と「マクロ世界」に着目し、両者が連続的につながっている、と説く。そして、「宇宙に存在するあらゆる事象は不可分であり、相互が調和をもって関連し合って」おり、ボーアの「相補性の原理」や東洋思想をもとに、「対立するものは相補的である」ことを明らかにしている。

「第六章　生物と生命」において、著者はいよいよ核心に触れる。ここでの要点は、「生命の本質は物質を秩序正しく統合し、相互に連関させる力である」ということである。「階層的構造」という観点より、固体、器官、細胞、タンパク質により構成される生物の構造と部屋・建物、機関、人間によって構成される都市の構造は共通している、と著者は語る。また「第七章　物質から生命へ」においては、ベルグソンの「生命哲学」を紹介し、「科学」と「哲学」は互いに相補的であるべきであり、「哲学」的「直観」を用いてこそ、「科学」の限界を乗り越えて「真実」へ至ることが可能である、と示唆している。

さらに著者は、アインシュタインの特殊相対性理論における「$E = mc^2$」、つまり質量とエネルギーの等価性の有名な方程式が「物質から生命へ」を科学的に理解する道標に思えるものの、生命を目的論的、機械論的に理解することは不可能、との認識をも示している。

結局、著者がエピローグで言わんとしているのは、「物質」「宇宙」「生命」といった「科学」の対象を研究すればするほど「創造主（神）」のような存在について考えざるを得ず、「科学」と「哲学」との関係がそうであるように、「科学」と「宗教」の関係もまた「相補的」であるべきだ、ということであろう。ここでようやく山尾が言うところの真理を目指す「三姉妹」、私が言うところの文学を加えた「四姉妹」がすべて勢ぞろいしたわけである。

本書のなかで著者は、自身のホームベースたる「科学」を基点に、「哲学」や「宗教」、さらには「文学」に対するアプローチを試み、「科学」「哲学」「宗教」（「文学」）相互間の「相補性」に言及していた。このことはきわめて示唆に富んでいる。つまり、様々な学問なり宗教が、お互いに協働し補完し合うことによって、「物質」「宇宙」「生命」といった究極の真理さえ解明しうることを暗示しているのである。

4

「科学」から「哲学」「宗教」「文学」の他領域へと「越境」する例を見たが、ひるがえって私自身のスタンスは、どうか。ホームベースたる「文学」を起点として、哲学、歴史、心理学（精神分析)、民俗学、部落問題などの領域への「越境」をしばしば試みている——とひとまず言うことができるだろう。

知の他領域に向けての「越境」は大事だが、それと同等に大切なのは、何があっても自身のホームベースを見失わないことである。帰る家があってはじめて「旅」と言えるのであって、家を捨てて外に出てしまえば、それはただの放浪、漂泊(ひょうはく)の道行きにすぎず、その人は単なる根無し草(アップルーティド)となりはててしまうからだ。

私自身のホームベースが「文学」であることは先に述べたとおりだが、管見によれば「文学」の目的は、人間性の探求である。人間性は必ずしも愛とか聖なるものといった崇高なものだけとは限らない。残念なことに、暴力や戦争を生み出す野蛮性も明らかに人間性の一部だし、犯罪や差別を招く根源的な無知もまた同様である。また、食欲、性欲、睡眠欲といった本能もその一つなら、様ざまな組織を作り出して集団生活を営む社会性もそうだ。さらには、「政治的人間」とか「経済的人間」といった側面もあるだろう。

要するに、それらを全部ひっくるめた全体像が「人間性」というものであり、文学は例外なくその総体を表現しようとするものなのだ。

別の言い方をすれば、こうなる。古今東西を問わず、従来世界中の文学者が最大の興味を寄せてきたのは、美醜や聖俗を兼ねそなえた「ありのままの人間」というものであったし、おそらく今後もそうでありつづけるだろう、ということだ。

文学者が人間のなかに野蛮や醜怪を見出した場合、表現された作品が、ユーモアたっぷりにそれらを諷刺した寓話だったり、あるいはそれらを激しく糾弾する抗議的な記録文学だったりすることは確かにある。しかし、文学者は、基本的に「人間」を肯定し、「人間」のなかに希望を見出すものだ。時に非難したり批判したりすることはあっても、最後まで「人間」を信頼する、というのが文学者の基本的な態度なのである。

また、文学者は時に政治的な発言をしたり市民運動に参加することはあっても、基本的にはあくまでも政治とは一線を画すべき存在であると思う。文学と政治はもともと氷炭相容れぬものだからだ。世のため人のために尽くすという目的は一緒だが、方法がまったく異なる。もしどちらの道に進むべきか迷っている人がいたら、自分の気質や適性をよくよく吟味して決めた方がいい。私は文学の道を選択した人間である。

【主要参考文献】

林達夫『林達夫セレクションⅠ　反語的精神』（平凡社ライブラリー、二〇〇〇年）
正岡子規『歌よみに与ふる書』（岩波文庫、一九九五年）
山尾三省『屋久島の森のメッセージ』（大和出版、二〇〇〇年）
志村史夫『こわくない物理学―物質・宇宙・生命―』（新潮文庫、二〇〇五年）
河村義人「知の領域の「越境」について」（『社会理論研究』第一八号、千書房、二〇一七年所収）

自民党改憲案批判

二〇一二年四月に公表された自民党の「日本国憲法改正草案」（以下、単に「改憲案」と略記）というものがある。これはインターネットで誰でも簡単に見ることができる。「自民党改憲案」でワード検索なさると出てくる。

(https://jimin.jp-east-2.storage.api.nifcloud.com/pdf/news/policy/130250_1.pdf)

それに加えて「自民党による日本国憲法改正草案Q＆A（増補版）」というのもある。これは「自民党改憲草案Q＆A」でヒットする。

(https://jimin.jp-east-2.storage.api.nifcloud.com/pdf/pamphlet/kenpou_qa.pdf)

以上の二つが公式資料である。ご存知の方も多いと思うが、この「改憲案」は恐るべき内容だ。その特徴を一言でいえば、「悪辣（あくらつ）」である。なぜそう呼ぶのか。その具体的根拠を示すことが、本稿の目的である。そのために、現行憲法と「改憲案」を比較し、憲法学者・弁護士など識者の知見をも視野に入れて「改憲案」の主な問題点を指摘しておきたい。

1

そもそも憲法というものは国会議員のような権力者を縛る法律なのである。国民を縛る六法などとは根本的にその性質が異なるのだ。ところが自民党は、何とその憲法を国民を縛る法律へと改変しようとしている。憲法によって政治権力を制限し憲法を権力者に遵守させることを「立憲主義」というが、この「改憲案」はその「立憲主義」に反しているがゆえに、憲法としてまず不適格といえる。

また日本国憲法の三大原則といえば、①国民主権、②基本的人権の尊重、③戦争の放棄（平和主義）の三つを指す。これは小学生でも知っていることだが、驚くべきことに、「改憲案」はこの三大原則をことごとく裏返す内容となっている。すなわち、①天皇主権、②基本的人権の軽視ないし蹂躙、③戦争復活となるのだ。憲法学者や弁護士たちが口を揃えて「改憲」＝「壊憲」と指摘する所以である。

たとえば、『「憲法改正」の真実』（集英社新書、二〇一六年）は、樋口陽一という「『護憲派』の泰斗」と小林節という「『改憲派』の重鎮」の対談集だが、憲法第九条改正論について立場を異にする彼らがここでは「護憲派」「改憲派」の枠を乗り越えて、安倍政権の「改憲」の動きに対して等しく危機感を表明し、明確にそれへの共闘の意志を示している。

そこでの彼らの共通認識は、ⓐ「改憲案」は憲法と呼べる代物ではない、ⓑ自民党がもくろむ「改憲」は「壊憲」、ⓒ国民主権を奪うことで国民は侮辱されている、ⓓ憲法を守らない権力者は「独裁者」、というものだ。とりわけ注目に値するのは、かつて「改憲派の自民党ブレイン」として改憲マニアたちと接して来た「改憲派」憲法学者の小林がⓑⓒⓓの発言をしている点だ。「護憲派」

の憲法学者の樋口以上に、小林は厳しく「改憲案」を批判しているのである。小林は言う。「現時点では、憲法改正を断じて行うべきではない。あの思いつめた人たちが、どこへ憲法をもっていってしまうのか、本当に不気味です。だから体を張って抵抗しているわけです。」（二一頁）「改憲案」がいかに理不尽なものであるかが、この発言でも察せられよう。こんなものが新憲法となった日には、間違いなく日本は滅びる。

2

前述の憲法学者たちはⓐ「改憲案」は憲法と呼べる代物ではない、ⓑ自民党がもくろむ「改憲」は「壊憲」、ⓒ国民主権を奪うことで国民は侮辱されている、ⓓ憲法を守らない権力者は「独裁者」、と指摘していたが、以下、現行憲法および改憲案の条文に照らしてそれらの根拠を具体的に示しておこう。なお、その際、伊藤真（いとうまこと）（弁護士）の『憲法問題　なぜいま改憲なのか』（ＰＨＰ新書、二〇一三年）の記述を適宜援用することにする。

〈根拠1〉立憲主義違反

第一に、「改憲案」は「立憲主義」に反している。

「立憲主義」とは「憲法によって国家を律して政治を行うこと」で、平たく言えば、憲法とは天皇、首相、各大臣、国会議員、裁判官その他公務員といった「権力者」を縛るルール、という考え方を指す。現行憲法では、第九十九条の「憲法尊重擁護義務」が「立憲主義」を表している、といわれる。

【現行憲法】「第九九条　天皇又は摂政及び国務大臣、国会議員、裁判官その他の公務員は、この憲法を尊重し擁護する義務を負ふ。」

【改憲案】「第一〇二条　全て国民は、この憲法を尊重しなければならない。
2．国会議員、国務大臣、裁判官その他の公務員は、この憲法を擁護する義務を負う。」（傍線引用者）

現行憲法を含め、近代法における憲法の大半はこの「立憲主義」に則って制定されているが、「改憲案」では縛る相手が何と「権力者」ではなく「国民」となっているのだ。憲法の根幹にかかわる重大な変更と言わざるを得ない。

現行憲法にある「天皇又は摂政及び国務大臣」という言葉が、改憲案の2項ですっぽり抜け落ちている点にも注目しておきたい。彼らにはハナから「憲法尊重擁護義務」がない、ということだろう。わかりやすく言えば、こうだ。ライオンとかトラといった猛獣（＝権力者）をつなぐはずの鎖で逆に飼い主（＝国民）がつながれ、その猛獣たちが野放しになる状態、鎖につながれた飼い主がやがて猛獣たちの餌食（えじき）になるかも知れない状態、ということだ。
「天皇又は摂政」つまり皇族が危険なのではない。危険なのは皇族を政治的に利用する為政者（いせいしゃ）＝首相＝内閣総理大臣である。時の宰相（さいしょう）がひとたび独裁者となれば、「三権分立」はバランスを失い、たちまち戦前の日本に逆戻り、というわけだ。
要するに、「立憲主義」に反しているという点で「改憲案」はそもそも憲法たる資格を失っているのである。

〈根拠2〉「国民主権」から「天皇主権」へ

第二に、「改憲案」では「国民主権」が「天皇主権」となっている。

【現行憲法】「第一条　天皇は、日本国の象徴であり日本国民統合の象徴であって、この地位は、主権の存する日本国民の総意に基く。」

【改憲案】「第一条　天皇は、日本国の元首であり、日本国及び日本国民統合の象徴であって、その地位は、主権の存する日本国民の総意に基づく。」（傍線引用者）

「改憲案」では現行憲法にない「元首」の文字が使われている。元首とは、国家の首長を意味し、君主国なら君主、共和国なら大統領を指す言葉である。この表現は『大日本帝国憲法（明治憲法）』の「大日本帝国ハ万世一系ノ天皇之ヲ統治ス」という第一条や「天皇ハ国ノ元首ニシテ統治権ヲ総攬シ…」という第四条の文言を彷彿とさせる。つまり、「主権の存する日本国民」という言葉でカムフラージュしつつも、事実上「国民主権」から「天皇主権」への移行を示しているのである。

明治憲法のもとで日本人がやってきたことは、天皇を国家元首に祀りあげひたすら軍国主義の道を突き進むことだった。結果は、日清・日露戦争、第一次世界大戦、第二次世界大戦（日中戦争、太平洋戦争）、そして敗戦である。いかに軍部主導とはいえ、そのような軍国主義が可能となったのは天皇主権を明文化した明治憲法があったからである。自民党の「新憲法」のもとで、再びそうならないという保障はどこにもない。

〈根拠3〉「基本的人権の尊重」から「基本的人権の蹂躙」へ

第三に、「改憲案」では基本的人権というものが蔑ろにされている。

【現行憲法】「第九七条　この憲法が日本国民に保障する基本的人権は、人類の多年にわたる自由獲得の努力の成果であって、これらの権利は、過去幾多の試練に堪へ、現在及び将来の国民に対し、侵すことのできない永久の権利として信託されたものである。」

この「最高法規」たる「基本的人権の本質」を示す第九七条が、驚くなかれ、「改憲案」では全文削除されている。ここに自民党の、人権の不可侵性および永久性を弱めようとする卑劣な意図が明らかだ。

「改憲案は人権の上に公益及び公の秩序を置いた構造で、公益及び公の秩序の名のもとに自由や権利が制約されるおそれがある」と伊藤は前掲書のなかで指摘している。「公益」とは「国益」のことであり、「公の秩序」とは「現在の社会秩序」のことである。つまり、国益を損なう、社会秩序を乱すと時の政府が判断すれば、いくらでも人権は侵害される、ということだ。

この「侵すことのできない永久の権利」である基本的人権を政府自民党は蔑ろ(ないがし)にしようとしている。基本的人権、すなわち平等権、自由権、社会権、請求権、参政権といった諸権利は、われわれが今現行憲法によって保障され、かつ享受しているものだ。それらを蹂躙する社会が住みづらい社会、危険な社会であることは改めて言うまでもないだろう。

【現行憲法】「第十三条　すべて国民は、個人として尊重される。」（傍線引用者）
【改憲案】「第十三条　全て国民は、人として尊重される。」（傍線引用者）

「個人」と「人」。表現上は単に「個」という漢字一文字が削られただけだが、「個人」と「人」では意味内容に雲泥の差がある。伊藤の説明によれば、「一人ひとりが多様に生きていることこそがすばらしい。それが個人尊重の意味」だが、「個人」が「人」になると、「抽象的な『人』という集団のなかの一人として尊重されるという意味」になる、という。「人を個人として扱わなくなれば、個人としての責任も曖昧になり」、「社会のメンバーとしての責任も自覚でき」なくなる――要するに、公私ともに無責任人間を増やすことになるのだ。「これが『個人』を『人』にしてしまう怖さ」だ、と伊藤は説く。無責任な人間には主体性がない。「長い物に巻かれろ」式に大勢に順応してしまう。このような国民が増えれば、権力者の思うツボだ。全体主義だろうが、国家主義だろうが、どの柵にでも羊の群れのごとき国民をたやすく誘導できるのだから。戦前の日本が、まさにこの状態だったのである。

〈根拠4〉「戦争しない国」から「戦争ができる国」へ

第四は、「戦争放棄」ないし「平和主義」という現行憲法の最大の特徴が失われる点である。

平和主義の本丸たる「第九条」は、改憲案ではどうなるのか。

改憲案では「自衛権の行使」を容認し、自衛隊を「国防軍」と呼んでいる。

【現行憲法】「第九条　日本国民は、正義と秩序を基調とする国際平和を誠実に希求し、国権の発動たる戦争と、武力による威嚇又は武力の行使は、国際紛争を解決する手段としては、永久にこれを放棄する。

②前項の目的を達するため、陸海空軍その他の戦力は、これを保持しない。国の交戦権は、これを認めない。」

【改憲案】「第九条　日本国民は、正義と秩序を基調とする国際平和を誠実に希求し、国権の発動としての戦争を放棄し、武力による威嚇及び武力の行使は、国際紛争を解決する手段としては用いない。

2　前項の規定は、自衛権の発動を妨げるものではない。」（傍線引用者）

【改憲案】（新設）「第九条の二　我が国の平和と独立並びに国及び国民の安全を確保するため、内閣総理大臣を最高指揮官とする国防軍を保持する。」（傍線引用者）

問題のある部分に傍線を付した。「改憲案」の他の条文にもしばしば見られるが、2の例外規定がクセモノである。いわゆる「戦争」はしないが、「自衛権」の行使はする、といっているのだ。自民党の「改憲案」に関するQ＆Aによれば（「Q7」の答え）、いわゆる「戦争」は①侵略目的の場合、②自衛権の行使の場合、③制裁の場合の三つに類型化され、ダメなのは①の場合だけで、②と③の場合は許されるそうだ。「Q8」の答えでは、その「自衛権」は「個別的自衛権」と「集団的自衛権」の両方を指すという。

「改憲案が実現すれば戦争放棄を誓った九条1項は骨抜きになり、日本は『戦争しない国』から『戦争ができる国』へと変わる」と前掲書のなかで伊藤はいう。自衛戦争を認めたくらいで「戦争ができる国」になるとは何を大袈裟な、と思う向きもいるだろう。だが、その認識は甘い。日中戦争や太平洋戦争といった侵略戦争も、広い意味では「自衛戦争」だったからである。「侵略戦争」というのは戦後の評価であって、当時日本はあくまでも「自衛目的」のために海外へと「進出」したのだ。「日本を守る」ために、ここも必要、あそこも必要といくらでも領土拡張したのである。要するに、「侵略戦争」なのに「自衛戦争」と偽ったのだ。

　自衛隊を「国防軍」と明記するのも問題だ。それは単なる名称変更にとどまらず、明確に「軍隊」を持つことになるからである。「現憲法では、原則が戦争放棄で、例外が自衛のための実力行使」改憲案では、原則が「戦争ができる国」で、例外が「侵略戦争の禁止」というふうに「原則と例外が逆転する」と伊藤はいう。彼が指摘するように「軍隊」が守るのは国家であって、国民ではない。かつての沖縄戦がいい例で、兵隊と行動を共にした民間人は、軍隊に助けられるどころか結局はその犠牲となったのだ。

　また軍隊を持つことで、中国、北朝鮮といった諸国を徒らに刺激し、「逆に相手に軍拡の口実を与えてしまうことになる」と伊藤は釘を刺す。それ以外にも戦場を経験した「国防軍」の若者が「壊れて」しまう問題とか「徴兵制の復活」の可能性にも彼は言及している。この「第九条」は、まさに問題だらけの条文なのだ。

〈根拠5〉恐るべき「国家緊急権」の新設

第五に、いわゆる「国家緊急権」の新設である。「改憲案」では「緊急事態条項」という名称になっている。

【改憲案】（新設）第九章　緊急事態

（緊急事態の宣言）「第九八条　内閣総理大臣は、我が国に対する外部からの武力攻撃、内乱等による社会秩序の混乱、地震等による大規模な自然災害その他の法律で定める緊急事態において、特に必要があると認めるときは、法律の定めるところにより、閣議にかけて、緊急事態の宣言を発することができる。（以下略）

（緊急事態の宣言の効果）「第九九条　緊急事態の宣言が発せられたときは、法律の定めるところにより、内閣は法律と同一の効力を有する政令を制定することができるほか、内閣総理大臣は財政上必要な支出その他の処分を行い、地方自治体の長に対して必要な指示をすることができる。（以下略）

3　緊急事態の宣言が発せられた場合には、何人も、法律の定めるところにより、当該宣言に係る事態において国民の生命、身体及び財産を守るために行われる措置に関して発せられる国その他公の機関の指示に従わなければならない。（以下略）」（傍線引用者）

傍線部分は曖昧な記述部分、すなわち時の政府の裁量範囲が最も大きくなりうる部分である。いくらでも伸び縮みできる「チューインガム条項」というわけだ。

そもそも緊急事態条項＝国家緊急権とは、何か。それは「戦争・内乱・恐慌大規模な自然災害など、平時の統治機構をもっては対処できない非常事態において、国家の存立を維持するために、国家権力が、立憲的な憲法秩序を一時停止して非常措置をとる権限」（芦部信喜『憲法（第五版）』岩波書店、二〇一一年、三六五頁）のことである。

緊急事態条項の最大の問題点は、内閣への「権力の集中」をどう考えるか、という点である。伊藤の前掲書の記述によれば、「内閣は緊急事態を宣言することで立法の機能を持ち、国民の人権や自由を制限することも可能になる」点を認めるか否かということだ。恐るべきはこの後の第九九条で、「内閣は法律と同一の効力を有する政令を制定することができる」という部分であり、これは行政の一機関にすぎない内閣が国会の立法権まで掌握する、ということである。そのような緊急時に裁判所は政府の判断に遠慮する傾向があるため、人権保障の最後の砦である司法もまた結果的に形骸化する。すなわち、この時点で三権分立のバランスがくずれ、権力は内閣に一極集中するわけだ。

歴史が証明する通り、緊急事態条項＝国家緊急権は、時の権力者によって都合のいいようにくり返し濫用されてきた。たとえば、『大日本帝国憲法』には戒厳令、緊急勅令、非常大権、緊急財産措置といった四つの国家緊急権があったが、何とそれは八〇回も乱発された。一例を挙げれば、在日朝鮮人が大量虐殺され大杉栄(おおすぎさかえ)ら社会主義者も虐殺された関東大震災時の戒厳令、悪名高い治安維持法を法制化した緊急勅令、軍部独裁の直接的契機になったといわれる「二・二六事件」の戒厳令などだ。平たくいえば、国家権力が非常時にかこつけて何でもやりたい放題できる権限が国家緊急権なのである。こういった過去の反省を踏まえて、現行憲法ではそれは意図的に除外されている。それを復活させようというのだから、呆れたものだ。

緊急事態条項の危険性の最もわかりやすい例が、ナチスドイツのヒトラーだろう。当時のワイマール憲法には国家緊急条項があり(四十八条)、弱小政党の党首にすぎなかったヒトラーはそれを濫用して政敵を駆逐(くちく)、瞬く間にファシズム体制を確立した。そしてその後、侵略戦争によってヨーロッパの大部分を支配し、ユダヤ人大虐殺を行う恐るべき独裁者となったのである。

さて、改憲案では、緊急事態の例として「外部からの武力攻撃、内乱」「地震等による大規模な自然災害」を挙げているが、緊急事態なるものは時の政府の判断でいくらでも適用範囲を広げることができる。たとえば、テロ、スト、デモといったものも緊急事態に含めてしまうことも可能だ。また緊急事態の期間に制限がないため、いくらでもその期間を延長できる点も問題である。「改憲案」の緊急事態条項は、このような危険性に満ちている。

この緊急事態条項(国家緊急権)に対しては、樋口陽一、小林節、長谷部恭男(はせべやすお)といった憲法学者をはじめ、数多くの識者が反対している。日本弁護士会をはじめとする全国各地の数々の弁護士会も明確に反対している。法律の専門家たちがこぞって警鐘を鳴らすほどこの条項は危険だ、ということだ。識者たちの警告を無視してはならない。

3

最後に見た「国家緊急権」。これについて、別の角度からもう少し見ておこう。

冒頭で紹介した樋口陽一・小林節共著『「憲法改正」の真実』には、色々と興味深いことが書かれていたが、たとえば次のようなやりとりも、そのひとつだった。

小林　麻生太郎財務相は二〇一三年にこんな発言をしましたね。「（ドイツの）憲法はある日、気づいたらワイマール憲法が変わってナチス憲法になっていたんですよ。誰も気づかないで変わった。あの手口に学んだらどうかね」。確かに学んでいますね、自民党。

樋口　だから戦後の西ドイツは、憲法の保障する価値をひっくり返してはならないという考え方を法制度化しました。「自由の敵には自由を認めない」という考え方です。

ワイマール憲法のもとで、民主主義が暴走し、憲法の基礎を成していた基本的人権が破棄され、ドイツ民族の優位といったイデオロギーが跋扈するようになった。立憲主義を軽視すると、そういったことが起きてしまうのです。

麻生の発言はいみじくも自民党の本音を吐露したものだ。この政治家の度しがたい軽率さによって、その手のうちが透けて見えてしまった、というわけだ。

弁護士の永井幸寿は『憲法に緊急事態条項は必要か』（岩波ブックレットＮ０．９４５、二〇一六年）のなかで、第九九条についてヒトラー率いるナチスの「手口」と比較して次のように述べている。

全ての事項について政令を制定できるということは、国会の立法権が完全に内閣に移転することになります。これはナチスのときと同様の授権法（全権委任法）であって、政府の独裁を容認する極めて危険な内容です。ナチスの場合は、第一段階で国家緊急権を発動して反対党員を逮捕・拘束し、第二段階で、議会で全権委任法を強行採決して独裁を確立しましたが、自民党案では、国家緊急権のなかに全権委任条項が入っているので、国家緊急権を憲法に創設して発動すれば直ちに独裁が確立してしまうのです。これは「独裁条項」というべきものです。つまりナチスの場合の国家緊急権より危険な内容です。（六六頁）

麻生が言うとおり、自民党はナチスの「手口」によく学んでおり、さらにその上を行こうとしているのがわかる。

ナチスの「手口」についてさらに詳しく知りたい読者は、ナチスドイツ研究家・石田勇治と憲法学者・長谷部恭男の対談集『ナチスの「手口」と緊急事態条項』（集英社新書、二〇一七年）をお読みになるといいだろう。ワイマール憲法第四十八条の大統領緊急令を利用してヒトラー政権が成立し、そのヒトラーが恐るべき独裁者となっていく過程がよくお分かりになるに違いない。

言うまでもなく、憲法はあらゆる法律のなかで最上位に位置する。「法の支配」の「法」とは、憲法のことなのである。その憲法が自民党の改憲案のごとき問題含みの代物に取って替われば、本当に取り返しがつかないことになる。その実現は、何としても阻止しなければならない。

現行憲法、すなわち日本国憲法はアメリカから押しつけられた既製品（レディメイド）などでは断じてはない。たとえアメリカが原案を示したにせよ、それを審議し議決したのが日本国民である以上、現行憲法はあくまでも日本国民が作った憲法なのである。

現行憲法の本質とは何か。平和主義という側面から見れば、あれは日本でも明治以降連綿（れんめん）と命脈を保ってきた反戦・平和主義の精華なのである。自由と平等という見地に立てば、古今東西を問わず、あれは人類の悲願の達成なのだ。いわば、それ自体がノーベル平和賞を受賞してもおかしくないほどの代物（しろもの）なのである。

現行憲法から明治憲法へ。時代を逆行する憲法の先祖返りを断じて許してはならない。

【主要参考文献】
芦部信喜『憲法　第五版』（岩波書店、二〇一一年）
樋口陽一・小林節『「憲法改正」の真実』（集英社新書、二〇一六年）
伊藤真『憲法問題　なぜいま改憲なのか』（PHP新書、二〇一三年）

永井幸寿『憲法に緊急事態条項は必要か』（岩波ブックレットNO．945、二〇一六年）
石田勇治・長谷部恭男『ナチスの「手口」と緊急事態条項』（集英社新書、二〇一七年）
河村義人「自民党改憲案批判」（『社会理論研究』第二三号、千書房、二〇二二年所収）

あとがき

昨年、つまり二〇二二年あたりから著書や雑誌の連載などに「作家」という肩書きを入れるようになった。それまでは多少の遠慮があって、そんなふうには名のらなかったのである。著書を三冊出版し、『新日本文学』の流れを汲む『千年紀文学』という文学新聞に短篇小説を数編発表して、ようやくそう名のる決心がついた。

「作家」というのは便利な名称で、「小説家」というのとも少し違う。「作家」は「物書き」のことであって、小説以外にも、エッセイ、書評、評論……、要するに、何でも書くのである。しかし、「作家」と名のる以上、一冊も作品集がないのは、どう考えてもおかしい。そこで、過去十年間に主として『千年紀文学』に発表した一風変わった「作家論」の数々、「夢まんだら」と名づけた掌編小説集、三編の短篇小説、さらに『社会理論研究』等に発表したいくつかのエッセイを一冊の本にまとめることにした。それが本書である。

小説に偏らないこの構成は、雑文家である「作家」の面目躍如という気もする。事実、このくらいの割合で、種々雑多な文章を方々に公表してきたことになる。とはいえ、メインのジャンルといえば、私の場合はやはり「小説」と「評論」ということになるだろうか。

以前、京都大学教授で大阪文学学校校長の細見和之さんに自分の本を差し上げたところ、「小説と評論の『二刀流』、大事にしてください！」とeメールで励まされたことがある。現在アメリカの大リーグで投手・打者の「二刀流」で大活躍している大谷翔平（おおたにしょうへい）選手を意識した物言いに違いないが、この「二刀流」という表現は気に入った。（そういえば、詩人でもある細見さんご自身も「詩」と「評論」という「二刀流」だ。）私もオオタニさんや細見さんの顰（ひそみ）にならって、これからも小説と評論の「二刀流」をつづけていくつもりである。

ところで、表題作「エヴリンの幻影」について一言。そのタイトルはJ・ジョイスの短篇集『ダブリン市民 Dubliners』（安藤一郎訳、新潮文庫、一九五三年）に収められている短篇「エヴリン Eveline」に由来する。その小説では冒頭に窓辺に座る若い女性エヴリンが登場するが、私の小説も「窓辺に座る女性」のイメージをモチーフとしている。それでそんな題名にしたのである。

ついでに言えば、「黎明（れいめい）」は私の実父を主人公とするモデル小説であり、また「跋渉（ばっしょう）」は短篇「幽冥にて」（『事実と虚構のはざまで』―千書房、二〇二二年―所収）の変奏曲（ヴァリエーション）である。

また、本書編集の留意点について、少し申し上げておきたい。若い読者を意識して全体的に漢字のルビ（ふりがな）を増やした。また、第二章「夢まんだら」は、原則すべて旧漢字、歴史的かなづかいを用いている。現実と異なる夢のリアリティを表現するための工夫（くふう）である。

最後に、ここで本書を出版するにあたってお世話になった方に一言お礼を申しあげたい。本書の編集・制作にあたっては、昨年出版した『事実と虚構のはざまで』に引き続き今回も千書房の志子田悦郎さんにひとかたならずお世話になった。志子田さん、この度もありがとうございました。

二〇二三年七月吉日　　河村　義人

初出一覧

Ⅰ　一筆書き作家論（原題は「風変わりな作家論」）

夏目漱石（書き下ろし）
芥川龍之介（書き下ろし）
梶井基次郎（書き下ろし）
中島　敦（書き下ろし）
坂口安吾（書き下ろし）
武田泰淳（『千年紀文学』二〇一八年、一二二号）
堀田善衛（『千年紀文学』二〇一八年、一二一号）
小田　実（『千年紀文学』二〇一三年、一三四号）
大江健三郎（『千年紀文学』二〇一四年、一〇五号）
高橋和巳（『千年紀文学』二〇一四年、一〇六号）
開高　健（『千年紀文学』二〇一四年、一〇八号）

Ⅱ　夢まんだら

序／首／近道／アフリカの緣／太母（『千年紀文学』二〇一六年、一一五号）

紅葉／ゴジラ／久松山／宇宙人（『千年紀文学』二〇一六年、一一六号）
歸省／動物／浮遊／大蛇／遁走（『千年紀文学』二〇一六年、一一七号）
轉居／彼女／ギザ耳（原題）は「顔無」）／夜目（『千年紀文学』二〇一六年、一一八号）
南無三／乘越驛／天狗黨／下宿（『千年紀文学』二〇一六年、一一九号）
ベイサン／釣罰／顔無／水沒（書き下ろし）

Ⅲ　短編小説

黎　明（『千年紀文学』二〇二一年、一三五号～二〇二二年、一四〇号）
跋　渉（『千年紀文学』二〇二三年、一四一号～二〇二三年、一四四号）
エヴリンの幻影（『千年紀文学』二〇二〇年、一二九号～二〇二一年、一三三号）

Ⅳ　エッセイ

詩人・葉笛先生の思い出（『千年紀文学』二〇一七年、一二〇号）
吉田冥莫和尚について（書き下ろし）
「知の巨人」を悼む―追悼・立花隆（『千年紀文学』二〇二一年、一三五号）
知の領域の「越境」について（『社会理論研究』二〇一七年、第一八号）
自民党改憲案批判（『社会理論研究』二〇二二年、第二三号）

河村　義人（かわむら　よしと）

作家。1962年、鳥取県生まれ。千年紀文学の会会員。社会理論学会会員。

早稲田大学第一文学部（中国文学専修）卒業。在学中に、上海復旦大学に留学（中国現代文学専攻）、普通進修生を終了。大学卒業後、㈱三井銀行に入行。㈱三井住友銀行を経て、関連会社に転籍出向。現在に至る。

- 2005年6月、『子どもたちへのブンガク案内─親なら読ませたい名作たち』（飯塚書店）を上梓。
- 2022年7月、『事実と虚構のはざまで』（千書房）を刊行。
- 2022年12月、『反戦の書を読む─戦争を根絶するために』（垣内出版）を刊行。
- 文学新聞『千年紀文学』（皓星社）に連続エッセイ「風変わりな作家論」、翻訳「砲兵司令の息子」（中国現代喜劇、一幕物）、掌編小説集「夢まんだら」、短篇小説「幽冥にて」、「エヴリンの幻影」、「黎明」、「跋渉」その他多数の書評、エッセイを発表。
- 学術研究誌『社会理論研究』（千書房）に論文「美作国血税一揆と渋染一揆に見る部落問題」、論文「暴走する自警団」、研究ノート「『戦争と知識人』再論」、批評「羅針盤としての加藤周一」、批評「知の領域の『越境』について」、批評「柳田国男『転向』試論」、批評「アニミズム文学の発生」、批評「『精神世界』を読む」、論文「自民党改憲案批判」を発表。
- 現在、雑誌『部落解放』（解放出版社）にシリーズ「反差別の論理─マイノリティの復権」を連載中。同誌に書評・ルポルタージュ等も多数発表。雑誌『情況』（情況出版）にも「川元祥一をめぐる文学者たち」を連載中。その他新聞（『日本海新聞』）・雑誌（『労働者文学』『社会文学』）に書評、エッセイを複数発表。
- 評論「前進する文学─中上健次と梁石日」で2015労働者文学賞「佳作」受賞。
- 評論「部落問題としての美作血税一揆」で第45回部落解放文学賞「佳作」受賞。
- 評論「川元祥一論─「部落民」という実存」で第46回部落解放文学賞「佳作」受賞。
- 短篇小説「幽冥にて」で第46回部落解放文学賞「入選」受賞。

エヴリンの幻影

2023年7月25日　　初版第1刷

著　者　　河村　義人
発行者　　志子田悦郎
発行所　　**株式会社 千書房**
横浜市港北区菊名5－1－43－301
TEL　045－430－4530
FAX　045－430－4533
振　替　00190-8-64628

ISBN978-4-7873-0065-2 C0036